빨상 머리 앤,

행복은 내 안에 있어

매일매일 행복을 꿈꾸는 우리에게

조유미 지음

더모던
Themodern

행복이 저 먼 곳에 있는 것처럼
느껴질 때

귤을 택배로 받았는데, 상자를 열어보니 귤 껍질에 곰팡이가 핀 것처럼 거뭇거뭇한 점들이 있었습니다. '몇 개만 이런 거겠지' 하며 하나씩 들춰보는데 하얗게 상처가 난 귤도 꽤 되는 겁니다. 돈 주고 산 귤인데 양품을 받지 못했다는 생각에 기분이 팍 상했습니다. 그런데 엄마가 그 귤이 '노지귤'이어서 그런 거라 더 맛있을 거라는 의외의 말씀을 하시는 겁니다. '노지'는 지붕 따위로 덮거나 가리지 않은 땅을 의미하는데, 나무에서 자연 그대로 자란 귤이 '노지귤'이었습니다. 인터넷에 검색해보니 엄마의 말씀이 맞았습니다. 특별한 보호 없이 자연적으로 자랐기 때문에 흠집이 많은 게 특징이고, 흠집이 있는 것은 생명력이 강해서 당도나 영양가가 높다는 내용이었습니다. "겉만 그렇고 속은 멀쩡하면 먹어도 돼"라는 엄마의 말씀은 진실이었습니다.

'빨강 머리 앤'도 어떤 의미에서는 노지귤과 비슷해 보였습니다. 부모의 보호 없이 여러 집의 허드렛일을 도맡으며 전전하다가 고아원에서 지내야 했고, 마릴라와 매슈도 처음에는 앤이 아닌 사내아이를 원했습니다. 다른 사람들에게는 없는 상상력으로 자주 오해를 샀고, 앤의 콤플렉스인 빨간 머리카락은 친구들의 놀림거리가 되기 일쑤였고요. 그렇지만 앤은 그런 것에 굴하지 않고 앤답게 세상을 바라보고, 앤답게 친구를 사귀고, 앤답게 가족이 되어갑니다. 그 모습이 누구도 부정할 수 없을 만큼 참 사랑스럽죠.

  껍질이 상처투성이였던 노지귤의 단맛을 느끼며 저의 부족함을 성찰했습니다. 겉에 흠집이 나도 속이 멀쩡하면 단맛을 잃지 않는데, 저는 생채기가 나면 생명력을 잃고 바닥에 떨어졌습니다. 온실 속에서 살지 않는 이상 비바람을 맞으며 살아가야 하는 게 우리의 인생인데, 상황이 내 뜻대로 흘러가지 않으면 앤에게 부끄럽게도 부정적인 생각에 갇혀 호흡을 잃곤 했습니다.

이 책은 제가 노지귤이 되기 위해 마음을 다지며 써내려간 글을 담았습니다. 어떤 상황이 나를 무너뜨리려고 할 때, 어떤 사람이 나를 주저앉히려고 할 때, 겉에는 비록 흠집이 나더라도 내 안의 행복만큼은 빼앗기지 않으려고 수없이 되뇌었던 문장들입니다. 눈앞이 깜깜하다고 느껴지는 날, 자꾸만 주변을 탓하게 되는 날, 해도 해도 일이 안 풀리는 날, 행복은 저 먼 곳에 있는 것처럼 느껴지곤 합니다. 그리고 내가 불행에 빠져 있다는 생각에 아무런 의욕이 나지 않습니다. 저와 비슷한 어둠 속을 거닐고 있는 당신에게 제가 겪은 시간들을 나누며 이렇게 말해주고 싶습니다.

"행복은 내 안에 있다."

2020년을 시작하며
조유미

차례

프롤로그 행복이 저 먼 곳에 있는 것처럼 느껴질 때　　**004**

1장
행복과 불행을
결정하는 건 내 마음

창과 방패	014
꾸준한 태도로 만들어가는 나	018
시련으로부터 자유로워지세요	022
선택받은 아이	024
나의 내일을 믿어주기	030
괜찮은 단어로 포장하는 것	034
뒤집어서 표현하기	040
맞기도 하고 틀리기도 한 것	042
나는 나대로 사랑스럽다	044
모든 것은 나 하기 나름	048
행복, 그거 별거 아니야	052
숫자로 떨어지는 것	056
세모는 세모대로, 네모는 네모대로	058
행운이 가득한 사람	064
그럼에도 불구하고 괜찮아	070
불안의 물음표가 아닌 확신의 느낌표	074
행운의 여신이 안내해주는 길	076

2장

나를 가장 잘
알아주는 사람

금테를 두른 그림자   082

나만의 속도로 성장하는 것   086

누구와도 비교하지 말 것   090

거절은 거절일 뿐   092

내 마음을 챙겨 받을 권리   096

평균의 함정   102

내 몸에 경고등이 떴다면   104

인생은 볼링을 치는 것처럼   110

힘을 빼면 떠오를 거야   114

소중한 것을 소중하게   118

감정이 멀미가 온 것처럼 메스껍다면   120

나는 사라지지 않습니다   124

나에게 좋은 사람   126

가장 확실한 지금   130

화분에 심긴 씨앗   134

파도가 바위를 깎을 수 있다   136

우리는 모두 존재만으로도 특별해   140

3장

인생에서 가장 소중한 지금 이 순간

그렇게 주인공은 행복하게 살았답니다	146
아직 일어나지 않은 일에 대한 걱정	152
행복하지 못할 이유	158
아무것도 바라지 않는 것의 행복	160
각각 사는 방식이 다를 뿐	166
채울 수 있어서 좋아	170
새로운 나로 태어나기	172
선택할 수 있는 행운	174
모든 인생은 성장하는 과정의 일부	178
내 삶이 행복과 가까워지기 위해서는	182
오늘을 아끼는 마음	186
오늘의 분량만큼만	188
상황의 주인	194
괜찮아, ____	198
내 차례가 올 거야	200
현관문이 열리면 나만의 휴식 공간	204
가장 좋은 건 내 안에 있어	208

4장

일단 결심했다면
후회는 없어

시간이 약이 되려면	214
익숙함에서 벗어나기	218
온기를 나눠주는 것	222
마지막에 웃고 있는 사람	226
나에게 가장 좋은 선택	228
내 삶이 끝날 때까지 함께 가는 친구	232
땅에 묻히는 것	236
쓸데없는 노력은 없다	238
일단 해내는 것	242
내 마음을 펼치는 일	246
끝까지 하는 사람	248
모든 것에는 앞면과 뒷면이 있어	252
내 마음이 흐려집니다	256
나를 태양으로 만들어주는 것	258
사랑 속에서 피어나는 특별함	264
뭔가 다른 사람	266
노력하면 안 되는 게 없다는 말	270

1장

행복과 불행을
결정하는 건 내 마음

세상에 좋아할 것이 이렇게 많다니
정말 신나지 않아요?

창과
방패

세상이 나에게만 너무 가혹하다고 느껴질 때가 있다. 내가 뭘 그렇게 잘못했다고 나를 이토록 아프게 하는 건지. 세상이 나를 외면하는 것 같아서 기운이 쭉 빠진다. 그런 시기가 올 때마다 내가 외치는 마법의 주문이 있는데, 그 문장은 놀랍게도 '감사합니다'이다. 어떤 행동을 할 때마다 감사한 부분을 찾아서 무조건 감사하다고 되뇌는 것이다.

아침에 일어났을 때만 해도 감사함을 붙일 수 있는 건 수십 가지가 된다. 침대에서 일어나면서 "이렇게 푹신푹신한 침대를 만들어주신 침대 회사 관계자분들 감사합니다", 배를 채우려고 우유를 마실 때 "나에게 우유를 나눠준 젖소에게 감사합니다", 양치질을 하려고 칫솔에 치약을 짤 때 "칫솔과 치약을 만들어주신 공장장님 감사합니다". 예를 들면 이런 식이다.

모든 것에 감사함을 붙이는 이유는 진실을 바로잡기 위해서이다. 세상이 나를 버린 것처럼 느껴지지만, 세상은 나를 버리지 않았다. 아침에 일어났을 때 눈을 뜬 것만 해도 세상이 나를 버리지 않았다는 증거로 들기에 충분하다. 그런데 그런 진실을 외면한 채 '세상이 나를 버렸어'라고 치부해버리면 순식간에 깊은 우울에 잠겨버린다. 그렇게 우울이 우울을 만들어서 우울이 우울을 잡아먹으면, 마음에 병이 생겨서 또 다른 왜곡된 진실을 생성해낸다. 왜곡된 진실만 접하다 보면 세상에 대한 오해가 쌓이고, 오해만 가득한 세상을 아예 싫어하게 되어버린다.

사람은 자신이 가진 것을 잘 못 보고, 가지지 못한 것을 더 잘 보는 경향이 있다. 가진 것은 이미 당연한 것이 되어버렸기 때문이다. 숨 쉬는 간격이 어땠는지, 눈을 언제 깜빡였는지, 침을 어느 정도쯤에 삼켰는지, 혀를 어디에 두었는지. 2, 3초에 한 번씩 하는 것들인데 너무 당연하고 당연한 행위들이라 내가 어떻게 했는지 기억조차 못 하는 것이다.

　오늘 점심에 약속 장소로 갈 때, 나는 지하철을 타고 갔다. 만약 지하철을 운전하는 기관사가 없었다면 약속 장소까지 편하게 가지 못했을 것이다. '내가 내 돈 내고 지하철을 탄 건데 그게 왜 감사한 거야?'라고 생각할 수도 있다. 하지만 지하철을 운전하는 법을 배우려고 하는 사람이 한 명도 없고, 그래서 지하철 기관사라는 직업조차 생기지 않았다면 내가 돈을 아무리 많이 내도 지하철을 탈 수 없었을 것이다. 그런 의미에서 내가 이용하는 모든 것이 감사한 존재들이다.

　너무 사소하고 당연한 것들이라 고마운지 몰랐던 존재들을 떠올려보자. 하나씩 나열하다 보면, 나는 못 가진 것보다 가진 게 많은 사람이고 잃은 것보다 지킨 게 많은 사람이라는 걸 깨닫게 된다. '우울'이라는 창이 나를 자꾸 찌르면 '감사'라는 방패를 써보자. 그 방패는 모든 우울을 막아줄 수는 없지만 내구성이 강해서 적어도 하루는 버티게 해준다.

오늘 소중한 교훈을 새로 배웠어요.
초록 지붕 집에 온 뒤로 실수를 많이 저질렀지만,
실수 하나하나가 큰 단점을 고치는 데 도움이 됐거든요.

꾸준한 태도로
만들어가는 나

어린 시절에, 상황이 마음대로 되지 않으면 곧잘 짜증을 내곤 했다. 그럴 때마다 엄마가 나에게 잔소리처럼 늘 했던 말이 "짜증을 내면 될 일도 안 돼. 그러니까 짜증 내지 마"였다. 어렸을 때는 짜증 내는 내 목소리가 듣기 싫어서 엄마가 그런 말씀을 하시는 줄 알았다. 어른이 되고 나서야 그 말씀의 진의를 알게 되었는데, 엄마가 나에게 가르쳐주고 싶었던 건 '상황을 대하는 태도'였다.

짜증에 대한 가르침은 두 가지 내용을 담고 있었다. 하나는, 말 그대로 짜증을 내면 될 일이 실제로 안 되기도 했다. 기분이 팍 상하면 생각이 좁아져서 여러 갈래의 방법을 생각해내지 못했다. 짜증 때문에 망쳐버린 상황을 돌이켜보면 '그때 이런 방법도 있었는데 왜 생각하지 못했지?'라며 이불킥을 했다. 그리고 또 하나는, 비슷한 태도가 반복되다 보면 습관이 되었다. 그래서 일이 잘 안 풀리려는 징조가 보일 때쯤 짜증이 가장 먼저 확 올라와서 아무것도 하고 싶지 않게 만들었다.

어느 순간부터인가 사소한 일로 짜증부터 내는 나 자신의 모습을 보며, 무심코 가졌던 태도들이 쌓이고 쌓여 내 팔자를 흔들 수 있겠다는 생각이 들었다. 나의 태도 때문에 풀릴 일도 안 풀릴 수도 있겠다는 생각이 들자 덜컥 겁이 났다. 그래서 그 후로는 순식간에 올라오는 짜증을 누르기 위해 눈을 감고 심호흡하는 연습을 했다. 그리고 내가 가지지 못한 좋은 태도를 내 것으로 만들려고 애썼다. 나쁜 태도도 습관이 되면 내 것이 되는 것처럼 좋은 태도도 습관이 되면 내 것이 될 테니까.

동굴 천장에서 수천 개의 물방울이 떨어지면 텅 비어 있던 동굴 속에 석순을 만들어낸다. 하나의 물방울은 밟고 지나가도 모를 정도로 눈에 잘 안 띄지만, 시간과 함께 쌓인 물방울들은 사람의 길을 나눌 만큼 큰 기둥을 세운다. 평소에 툭툭 튀어나오는 태도가 아무것도 아닌 것 같지만, 태도가 습관이 되면 그 태도가 곧 내가 된다. 언제 시작됐는지도 모를 만큼 무의식적으로 스며든 태도가 내 운명을 결정짓게 될 수도 있는 것이다.

이런 관점으로 '나'를 바라본다면, 지금의 삶이 마음에 들지 않더라도 좋은 태도를 가지는 연습을 꾸준히 함으로써 내가 꿈꾸던 삶과 가까워질 수 있다. 내가 바라는 삶의 근처에 가기 위해 내가 가져야 될 태도와 버려야 될 태도를 종이에 적어두고 하루에 한 번씩 떠올리며 행동으로 옮겨보자. 처음에는 '이렇게 한다고 뭐가 달라지겠어?'라며 반신반의할 것이다. 하지만 의심을 이겨내고 계속 노력하다 보면, 종이에 적어둔 것과 반대로 행동할 때마다 내 꿈을 지키기 위해 움찔하는 스스로를 보게 된다. 태도를 만들려는 노력이 현재는 물 한 방울일지 몰라도, 5년 뒤에는 그 물방울들이 모여 내 삶의 기둥이 되어줄 것이다.

시련으로부터 자유로워지세요

마음이 너무 힘들 때는 드라마를 찍고 있다고 상상해 보세요. 회사 상사에게 혼날 때는 '청춘 드라마의 주인공' 역할을 맡고 있는 것이고, 사랑하는 사람과 이별할 때는 '멜로 드라마의 주인공', 사업이 잘 안될 때는 '성장 드라마의 주인공' 역할을 맡고 있는 것이죠. 내가 드라마 주인공이라고 생각하면 마음이 한층 괜찮아질 겁니다. 지금 겪는 시련이 드라마의 재미를 끌어올리기 위한 일부 장면이라고 받아들여질 테니까요. '이거 끝나면 새로운 장면을 찍겠지?'라고 생각하며 여유도 만들어낼 수 있습니다.

드라마를 찍을 때 "컷! 오케이!"라고 감독이 사인을

주면 오열하던 배우도 화장을 고치며 드라마 속 주인공과 현실의 나를 분리합니다. 다음 장면을 준비하기 위해서죠. 마찬가지로 지금 내가 찍고 있는 장면도 오케이 사인이 떨어지면 다른 장면으로 넘어갈 것입니다. 다음 장면에는 달라진 나도 있을 테고요. 설령 이 드라마가 새드엔드로 끝난다 해도 다시 또 새로운 드라마를 찍으면 됩니다. 그 드라마는 다른 결말이 기다리고 있을 테니까요. 그러니 시련으로부터 조금 떨어져서 자유로워지세요.

긴 인생 중에서 그저 한 장면을 찍고 있는 것입니다. 몇 천 페이지의 대본에서 한 페이지일 뿐입니다.

빨강 머리처럼 싫은 건 없을 줄 알았어요.
하지만 초록색 머리는 그보다 열 배는 더 끔찍해요.

선택받은
아이

오른쪽 귀 밑에 올록볼록한 흉터 같은 게 있다. 태어났을 때부터 있었던 흔적인데, 엄마는 "배 속에 너 가졌을 때 닭고기를 많이 먹어서 닭살이 생겼나 보다"라고 우스갯소리로 말씀하셨다. 흉터가 빨갛거나 파란색인 경우도 있다는데, 다행히도 나는 피부색과 비슷해서 크게 티가 나지 않았다. 자세히 보지 않으면 잘 모르니까 엄마도 일부러 피부과 치료를 받게 하지 않고 그냥 내버려뒀다고 했다.

엄마의 고민이 생긴 시점은 내가 중학교에 들어갔을 때였다. 초등학생 때까지만 해도 머리를 잘 묶고 다녔는데 갑자기 머리를 안 묶으려고 하고, 자꾸 머리카락으로 얼굴을 가리려고 하니까 그 모습이 걱정되었던 것이다. 하루는 엄마가 진지한 목소리로 "귀 뒤 흉터가 신경 쓰이면 레이저로 없애줄게"라고 말했다. 그 말을 듣고 가장 먼저 들었던 생각은 '갑자기 왜?'였다. 10년 넘게 생각해보지도 않은 흉터였기 때문이다. 나는 그저 동그란 내 얼굴형을 가리고 싶었을 뿐이었는데, 엄마는 흉터가 콤플렉스여서 내가 머리카락을 귀 뒤로 안 넘긴다고 오해하고 있었던 것이다.

나는 지금까지도 귀 밑에 있는 흉터가 어떻게 생겼는지 모른다. 혼자 거울로 보려고 하면 잘 안 보여서이기도 하지만, 애초에 콤플렉스라고 생각하지 않아서 들여다볼 생각도 하지 않았다. 사실 나는 이 흉터를 특별하게 여기고 있다. 태어날 때 가지고 나온 흔적이라서 마치 내가 '선택받은 아이'처럼 느껴지기 때문이다. 손가락으로 만져보면 북두칠성 모양과 비슷하기도 해서 의미를 부여하기도 딱 좋다. 혹시 나를 공개적으로 찾을 일이 생기면 '오른쪽 귀 아래에 살구색 흉터가 있다'고 알릴 수 있는 표시이기도 해서 언젠가 도움이 되겠다는 생각도 한다.

엄마는 내가 하도 얼굴 옆선을 가리고 다니니까 주변 아주머니들한테 물어보며 상담을 했다고 털어놓았다. 그랬더니 주변 아주머니들로부터 "딸아이라 신경 쓰이겠다", "우리 딸도 얼굴에 흉진 거 콤플렉스더라", "웬만하면 레이저해줘라"와 같은 첨언이 돌아왔다고 한다. 내가 흉터 때문에 고민하는 줄로만 알고 당시 레이저 비용도 만만치 않았는데 딸을 위해 거금을 들일 각오까지 한 것이다.

다른 사람의 눈에는 내 흉터가 보기 싫을 수도 있다. 엄마는 아직도 가끔씩 "이거 레이저로 지울래?"라고 물어보신다. 하지만 나는 그때마다 지우지 않을 거라고 단호하게 이야기한다. 남들이 일부러 돈을 들여서 문신을 하는 것처럼, 나에게 이 흉터는 문신 같은 존재이기 때문이다. 또, 가끔 일이 안 풀릴 때면 내 멘탈을 케어해주는 부적이기도 하다. 귀 밑의 흉터를 만지며 '괜찮을 거야, 난 선택받은 아이니까'라고 되뇌며 마음을 가라앉힌다.

이렇게 흉터를 갖고 있음에도 아무렇지 않을 수 있는 이유는, 내가 이 흉터를 소중하게 여기고 있기 때문이다. 누가 뭐라 하든 남들이 어떻게 보든, 내가 아끼고 사랑하기에 손가락질을 해도 상처가 되지 않는 것이다.

아무리 세상이 넓고 다양하다 해도, 내 마음에 어떻게 담기느냐에 따라 세상이 정해진다. 내 마음이 곧 내 시선이 되고, 내 시선이 곧 내 세상이 되니까. 그러니 삶을 살아가는 데는 마음을 어떻게 가지느냐가 중요하다. 내 마음만 괜찮으면 이 세상에 안 괜찮을 게 없을 테니까.

걷다 보니 길모퉁이에 이르렀어요.
모퉁이를 돌면 뭐가 있을지 모르지만, 저는 가장 좋은 게 있다고 믿을래요.
모퉁이 너머 길이 어디로 향하는지 궁금해요.

나의 내일을
믿어주기

모의고사 성적표를 받아볼 때마다 정시로는 내가 원하는 대학에 가기 힘들겠다는 생각이 들었다. 실제 수능에서는 '긴장'이라는 변수가 있으니, 모의고사보다 성적이 안 나올 가능성까지 포함하면 더 암울해졌다. 그래서 정시가 아닌 수시로 눈을 돌렸다. 그런데 고3 첫 입시 때 눈을 너무 높였는지 내가 지원한 열 곳의 대학에서 모두 불합격 통지서를 받아버렸다. 결국 눈물을 머금고 재수를 결정했다. 두 번째 입시 때는 수시 원서를 다섯 개만 냈다. 발표가 난 곳을 하나둘씩 확인하는데, 확인하는 족족 다 떨어지기만 했다. 결국 마지막 한 곳만 남은 상태까지 갔고, 심리는 극도로 불안정한 상태가 되었다. 떨어진 네 곳을 확인할 때는 발표 시각인 오전 열 시보다 두 시간이나 앞

선 오전 여덟 시부터 일어나 발표를 기다렸는데, 마지막 한 곳
이 남자 오후 늦게 일어나 학교 홈페이지에도 들어가지 않았다.

　내 소식을 기다리고 있던 친구에게 "너 오늘 ○○대학교 발
표날 아니야? 확인했어?"라고 연락이 왔다. 그 물음에 아직 확
인하지 않았다고 답장했다. 마지막 발표인데 빨리 확인 안 하
고 뭐 하냐고 나를 다그치기에 "어차피 떨어졌어. 불합격 글자
보면 우울해질 것 같으니까 조금이라도 우울해지는 거 미루고
싶어서 안 보고 있어"라고 말했다. 그랬더니 친구가 등짝 스매
싱을 날리기라도 하듯 나를 혼냈다. "야, 그렇게 생각하면 붙을
것도 떨어지겠다. 확인하기도 전에 왜 떨어질 거라고 생각해.
너 열심히 했잖아. 정 불안하면 확인하기 전에 '합격이야'라고
열 번만 외치고 눌러봐. 그럼 분명히 합격이라는 글자가 보일
거야." 내가 무슨 마법사도 아니고 그런 주문이 통할 리 없겠다
고 혀를 찼지만, 안 하는 것보다는 나을 것 같아서 합격 확인 버
튼을 누르기 전에 '이번에는 합격이야'라고 열 번을 외쳤다. 그
리고 마우스 왼쪽 버튼을 클릭했는데, 마법처럼 '합격'이라는
두 글자가 눈에 보였다.

콩이 나기를 원하면 콩을 심어야 하고, 팥이 나기를 원하면 팥을 심어야 한다. 인생이 행복하기를 원하면서 '나는 뭘 해도 안 돼', '내 인생 망했어'와 같은 부정적인 생각을 하면 행복이 자라지 않는다. 싹이 트고 있던 기회마저 메말라버린다. 좋은 시선으로 세상을 바라보면 굴러다니는 페트병도 작품으로 만들 아이디어가 떠오르지만, 나쁜 시선으로 세상을 바라보면 일단 뭐든 시작부터 하기 싫어지기 때문이다. 다 잘될 거라 믿어도 미끄러지는 게 인생이고, 안될 것 같다고 버렸는데 붙어버리는 게 또 인생이다. 이러나저러나 내 뜻대로 안 되는 게 인생이라면, 좋은 마음을 갖고 나의 내일을 믿어주자. 좋은 마음을 가진다고 해서 늘 좋은 결과를 얻는 건 아니지만, 적어도 세상을 바라보는 관점이 업그레이드될 테니까. 업그레이드된 나의 안목이 행복을 찾아주는 레이더가 되어줄 것이다.

지금 밖에 나갔다가 저 나무와 꽃들, 과수원이랑 개울과 친해지면 어떡해요.
분명 사랑에 빠지고 말 텐데. 지금도 너무 힘들어요.
더 힘든 일은 안 만들래요.

괜찮은 단어로
포장하는 것

사회생활을 시작한 지 1년이 되었을 때쯤, 가장 많이 변한 건 나의 내면이었다. 예민했던 성격은 조금 무뎌졌고, 풍부했던 감정은 조금 단조로워졌다. 초반에는 사소한 일에도 붉으락 푸르락하며 억울해했었고, 소소한 일상 속에서도 동료들과 마음을 깊게 나눴다. 사회 초년생이었기에 아무것도 몰라서 친구 사귀듯 회사와 사귀었다. 그렇게 매 순간에 진심을 다했는데, 참 속상하게도 이렇게 생활하면 나만 상처받고 불리해진다는 걸 경험으로 깨달았다.

하루하루에 여유가 없었다. 모든 것이 나에게 화살처럼 꽂혔고, 처음이다 보니 모든 게 맨땅에 헤딩이었다. 이대로 가다가는 3년도 못 버틸 것 같아서 나를 바꿔보기로 했다. 사회가 나를 위해 바뀌어주지는 않으니까. 가장 먼저 시작한 건 상처받지 않기 위한 몸부림이었다. 예민했던 성격은 둥글둥글하게 만들려고 노력했고, 풍부했던 감정은 들뜨지 않도록 잘 눌러 담았다. 누가 뭐라고 해도 그러려니 하며 넘겼고, 어떤 상황이든 확대 해석하지 않으려고 애썼다.

그렇게 세 달을 노력하니 버틸 만해졌다. 초반에는 '어떻게 회사 동료에게 정을 안 줄 수 있지? 나는 자연스럽게 정이 가던데', '어떻게 회사에서 딱 일만 하지? 나는 사소한 일상이라도 함께 나누고 싶던데'라고 생각했다. 회사에서 마음을 잘 조절하는 그들을 딱딱하고 냉정하다 여겼다. 그런데 진심을 다하고 상처를 받는 나를 보면서 마음도 조절이 필요하다는 걸 깨달았고, 그대로 실천에 옮기니 상처받는 일이 줄어들었다. 감정이 오르락내리락하지 않으니 일의 능률도 올라갔다. 선을 긋고 사는 건 사회에서 오래 살아남기 위해 터득한 생존 방식이었던 것이다.

누군가 와서 긁으면 그대로 긁힌 자국이 남던 내가, 더 이상 그러지 않는 걸 보니 조금은 씁쓸했다. 그만큼 무난해지고 평범해지는 거니까. 예민한 성격으로 타인의 감정을 잘 알아채서 어루만져주고, 풍부한 감정으로 타인의 상황을 깊게 공감해주는 게 내 장점이었는데, 그게 사라지는 것 같아서 슬펐다. 무뎌지고 단조로워진 내 모습은 생각해본 적이 없는데, 이게 사회생활에 찌들어가는 건가 싶어서 우울해졌다. 하지만 여기서 더 깊게 가라앉지 않고 '이런 내 모습을 표현하는 단어를 바꿔보자'라고 생각을 전환했다. 무뎌지고 단조로워진 게 아니라 '담백해졌다'고 생각하기로 한 것이었다. 담백한 음식, 담백한 글, 담백한 그림. 담백함은 언제나 사랑받으니까. 자극적이고 강렬하고 톡 쏘는 걸 좋아하다가도 결국엔 담백함을 다시 찾게 되니까. 새로운 내 모습으로 새로운 사랑을 받을 수 있다고 생각하니 기분이 괜찮아졌다.

　안 좋게 생각하면 한없이 안 좋게 느껴지는 게 '상황'이다. 어차피 겪어야 될 상황이라면 괜찮은 단어로 잘 포장해서 따뜻하게 받아들이자. 쓴 약에 딸기 향료를 입혀 딸기 맛이 나게 하면, 먹기 싫은 약도 그나마 씹어 삼킬 수 있을 정도는 된다. 인공적인 맛이 난다 하더라도 가루약을 털어 먹는 것보다는 나으니까. 남을 위해서가 아니라 나를 위해서니까, 조금 번거롭고 귀찮더라도 예쁘게 포장해서 마음속에 담아두자. 그러면 아무리 개떡 같은 상황일지라도 훗날 '경험'이라는 선물로 택배가 날아온다.

뒤집어서 표현하기

　　산만한 성격은 '한 번에 여러 가지 일을 잘하는 성격'으로, 예민한 성격은 '섬세한 성격'으로, 급한 성격은 '일을 바로바로 하는 성격'으로, 차분하지 못한 성격은 '활동적인 성격'으로 바꿔서 말해보세요. 표현만 다르게 했을 뿐인데 문장에서 풍기는 분위기가 확 달라집니다.

나의 성격을 장점으로 만들지, 단점으로 만들지는 내가 그 성격을 어떻게 묘사하느냐에 따라 달라집니다. 내가 장점이 많은 사람이 될지, 단점이 많은 사람이 될지도 내 손으로 결정할 수 있는 것이죠.

표현만 살짝 뒤집어보세요.
나의 잠재력이 무한해질 것입니다.

맞기도 하고 틀리기도 한 것

키즈카페에 가면 어른이지만, 할머니 댁에 가면 아이가 됩니다. 일본에 가면 키가 큰 편이지만, 네덜란드에 가면 키가 작은 편이 됩니다. 동네 운동회에서 달리면 일등이지만, 올림픽 대회에서 달리면 꼴등이 됩니다. '나'는 바뀌지 않았습니다. 내가 어디에 속해 있는지만 바뀌었을 뿐이죠.

사람은 어디에 속해 있느냐에 따라 달라집니다. 그러니 죽기 직전까지 스스로를 단정 짓지 마세요. 가능성이 여기저기 열려 있는데 미리 단정해버리면 몸이 생각에 지배당해 틀에 갇혀버립니다.

그때는 맞던 것이 지금은 틀린 것이 되기도 하고, 그때는 틀렸던 것이 지금은 맞는 것이 되기도 합니다. 다 살아보기 전까지는 그 누구도 모르는 일입니다.

아직 끝나지 않은 인생인데 벌써부터 결론을 내리려고 하지 마세요.

책을 덮기엔 마지막 장까지 수백 장이 남아 있습니다.

제 안의 저는 똑같아요.
어디를 가든, 겉모습이 어떻게 바뀌든 그것은 전혀 중요하지 않아요.

나는 나대로
사랑스럽다

옆자리에 앉은 회사 동료가 책상 위에 둘 거라며 선인장을 사 왔다. 크기는 손바닥만 하고 모양이 동글동글해서 나름 앙증맞은 분위기를 풍겼다. 가장 잘 보이는 모니터 옆에 선인장을 올려두며, 이 선인장 덕분에 책상 분위기가 확 산다며 나에게 자랑을 했다. 그런데 나는 그 말이 잘 이해가 되지 않았다. 칙칙한 초록색에 꽃 한 송이 피어 있지 않고 오히려 위협적인 가시만 뽐내고 있는데, 어떻게 분위기를 살리는 건지 그 사랑스러움을 도통 찾을 수가 없었다. 내 의아한 표정을 읽었는지 동료는 자신이 왜 선인장을 좋아하는지 이야기해줬다. "다들 제가 왜 선인장을 좋아하는지 모르겠다고 하더라고요. 가시만 있는 데다가 꽃 한 번 피우기 힘드니까. 근데 저는 선인장이 그런 모습이라서 좋아요. 조금 더 예쁘고 조금 더 화려하면 더 많은 사람에게 사랑받을 수 있는데, 그런 선택을 하지 않고 자신만의 모습으로 우뚝 자라는 선인장이라서 매력 있는 것 같아요."

그 말을 들으니 선인장이 왜 아름다운지 이해가 되었다. 겉모습은 가시 돋친 초록색 기둥일 뿐이지만, 내면에서 풍겨져 나오는 우직함이 매력이었던 것이다. 많은 사람에게 대중적으로 사랑받지는 못해도, 자신의 매력을 아는 사람에게는 꾸준히 사랑받는 아이였다. 자신을 바꾸지 않고도 남에게 사랑받는 방법을 아는 아이였다. 회사 동료 덕분에 선인장의 매력을 알게 된 나도 작은 선인장을 사서 책상 앞에 두었다. 모든 사람에게 사랑받고 싶은 욕심, 단 한 사람에게라도 미움받고 싶지 않은 욕심이 들 때마다 선인장을 보았다. 참 신기하게도 그럴 때마다 선인장은 '모두에게 사랑받으려 애쓰지 않아도 돼'라고 나에게 말을 걸며 내 마음을 붙잡아줬다.

타인에게 사랑받기 위해 내가 가진 모습을 바꿀 때가 있다. 그 사람의 마음만 얻으면 전부를 얻을 수 있을 것 같은 기분이 들기 때문이다. 하지만 가면 쓴 내 모습으로 얻은 사랑은 만족감이 오래가지 못한다. 시간이 지날수록 그 사람은 나를 사랑하는 게 아니라 나의 껍데기를 사랑한다는 느낌을 받기 때문이다. 진짜 내 모습은 사랑받지 못하고 있다는 생각에 공허함을 느낀 뒤, 어떻게든 상황을 개선해보려고 노력하지만 이미 너무 멀리 와버려서 다른 방법을 찾기가 어렵다. 진짜 내 모습을 보여주면 그 사람이 떠날까 봐 두려워서 집착만 늘어간다.

첫 시작을 떠올려보자. 내가 원했던 건 내 모습을 사랑해줄 사람이었을 것이다. 내가 꾸민 연극을 봐줄 사람을 찾는 게 아니었다. 연극은 길어야 3년이다. 그러니 사랑받으려고 억지로 애쓰지 말자. 진심으로 누군가에게 사랑받고 싶다면, 꾸미거나 덧칠하는 게 아니라 나를 솔직하게 보여주는 용기가 필요하다. 나의 원래 모습도 사랑받을 수 있다고 믿고, 있는 그대로를 보여주는 연습을 해보자.

나는 나대로 사랑스럽다. 이래서 사랑스럽고 저래서 사랑스러운 게 아니라, 나라는 존재 자체가 특별하기 때문에 사랑스럽다는 것을 마음속으로 받아들인다면, 가면을 써야만 할 것 같은 강박감은 점차 사라질 것이다.

오래전에 코를 칭찬받았는데
그 뒤로 줄곧 코 생각을 너무 많이 하는 것 같아.
나한테는 정말 큰 위로거든.

모든 것은
나 하기 나름

내내 피부가 좋다가, 하필 여행을 앞두고 이마 가운데에 여드름이 생겼다. 완벽히 익은 건 아니었지만 볼록하게 튀어나와서 자기주장을 내세웠다. 그대로 두면 여행지에 도착했을 때쯤 여드름이 커져서 사진이 안 예쁘게 나올 게 분명했다. 빨리 짜고 패치를 붙이면 그나마 화장으로 커버할 수 있을 것 같아서, 랜싯으로 억지로 뚫은 다음 여드름을 터뜨렸다. 그런데 자고 일어나니까 생각했던 것보다 붉은 자국이 짙게 남았다. 다음 날이 출국일인데 안 짜느니만 못한 상태가 되어버렸다.

즐겁게 여행을 마치고 집으로 돌아와 여행 중에 찍었던 사진을 보는데, 내 눈에는 자꾸 이마에 난 붉은 자국만 꽂혔다. 예쁘게 나온 사진도 붉은 자국 때문에 옥의 티가 가득한 NG 모음으로 느껴졌다. 그래서 결국 찍었던 사진을 전부 노트북으로 옮긴 다음, 이마에 난 붉은 자국을 포토샵으로 하나하나 지웠다. 30분 넘게 노트북과 씨름을 하고 있는데, 친구가 뭐 하고 있냐고 연락을 했다. 이마에 난 여드름 자국들을 지우고 있다고 답장했더니, 친구는 웃으면서 얼마나 대단한 왕여드름이 났길래 포토샵으로 지우는 거냐며 원본을 보여달라고 요청했다. 수정 작업을 하고 있던 사진 한 장을 친구에게 보내줬는데, 친구가 "수정본 말고 원본을 달라니까"라고 하는 것이었다. 그게 원본이라고 말하니 친구는 황당하다는 듯이 왕여드름은 어디 있냐고 물었다. 그래서 붉은 자국이 있는 곳을 표시해서 다시 보내주니 친구는 위치를 알아채고 어이없어 했다. 굳이 말하지 않으면 모를 만한 자국인데 혼자 왜 그렇게 신경 쓰고 있냐며 혀를 찼다. 내 눈에는 이 붉은 자국이 너무 커 보인다고 하니까, 원래 얼굴에 뭐가 나면 그게 자꾸 눈에 거슬려서 괜히 커 보이는 거라고 말해줬다. 여행 사진을 보여주면 배경을 보느라 바쁘지, 아무도 내 얼굴에 관심 안 갖는다는 뼈아픈 조언과 함께 말이다.

얼굴에 난 좁쌀만 한 여드름도 자꾸 거울을 보며 신경을 쓰면 손톱만 하게 느껴진다. '저거 보기 싫어', '저 여드름 없애버리고 싶어'라고 생각할수록 여드름의 크기는 더 커진다. 내 눈에 보이는 여드름의 크기는 심리적인 영향을 많이 받기 때문이다. 그렇다면 이 부분을 긍정적으로 활용해보자. 단점을 계속 곱씹을수록 크게 느껴지는 것처럼, 장점 또한 계속 곱씹으면 크게 느껴질 것이다. 좁쌀만 한 여드름의 크기도 손톱만 한 크기로 키우는 게 사람의 심리니까. 좁쌀만 한 장점이라도 찾아서, 계속 봐주려고 노력하면 점점 대단하게 느껴진다. 처음에는 티가 잘 안 나도 어느 순간 탄력을 받으면 특별함까지 찾아내는 스스로를 발견할 수 있다. 이 세상에 공짜로 굴러들어오는 장점은 없다. 어떤 것이든 내가 좋게 생각해야 장점이 되는 것이다. 꽃이라고 불러줘야 꽃이 되는 것처럼, 장점이라고 여겨줘야 장점이 된다. 내가 장점이 많은 사람이 될지 단점이 많은 사람이 될지는 전부 나 하기 나름이다.

화창한 아침이라 정말 기뻐요.
하지만 저는 비 내리는 아침도 정말 좋아해요.

행복,
그거 별거 아니야

예전에는 행복 앞에 조건을 붙였다. '이 대학교에 합격하면 행복할 것 같아', '이 회사에 합격하면 행복할 것 같아', '연봉이 오르면 행복할 것 같아'처럼 내가 소망하는 게 이루어져야 행복할 것 같다고 생각했기 때문이다. 그런데 이건 내가 '행복'을 잘못 해석해서 생긴 오류였다. 행복 안에 기쁨과 즐거움이 포함될 수는 있지만, 기쁨과 즐거움이 있어야만 행복이 되는 건 아니었다. 꼭 긍정적인 감정이 일어나야만 행복이 되는 건 아니라는 의미다. 아무 감정이 일어나지 않은 무난한 하루여도 내가 행복이라고 생각하면 행복인 것이다. 몸에 탈이 나지 않고, 심란한 일이 생기지 않은 것만 해도 충분히 감사하니까. 그렇게 생각하면 감정이 방방 뛰지 않아도 행복이라 정의할 수 있는 것이다.

'이게 되어야 내가 행복할 것 같아', '배우자가 이렇게 해줘야 행복할 것 같아', '자식이 잘되어야 행복할 것 같아'처럼 앞에 조건이 붙으면 마음이 자유롭지 않다. 조건을 달성하려고 끙끙댈 테니까. 행복하려고 조건을 붙인 건데, 그 조건 때문에 싸우고 헐뜯고 비난하며 주객이 전도되어버리기까지 한다. 조건 때문에 자유가 없는 행복이 과연 행복일까? 얼굴은 행복이라는 가면을 쓰고 있을지 몰라도, 마음은 앞날을 걱정하느라 사시나무처럼 떨고 있을 것이다.

누군가가 "행복 그거 별거 아니야. 행복해지는 게 세상에서 제일 쉬워"라고 말했을 때, 예전에는 그 말에 공감하지 못했다. 그때는 내 소원이 이루어져야 행복해질 수 있다고 믿었으니까. 내 소원은 1년에 한 번 이루어질까 말까 한데 그게 어떻게 쉽냐며 코웃음을 쳤다. 하지만 지나고 보니 행복이 별거 아니라는 말은 사실이었다. 그 말의 속뜻은 세상을 대하는 내 마음가짐만 바뀌면 금방 행복해진다는 의미였다. 내 마음만 열려 있다면 어떤 상황이든 행복할 수 있다는 것이다. 내가 원하는 회사에 가지 못해도, 10년 동안 사랑했던 사람과 찢어져도, 자식이 결혼을 안 하고 혼자 산다고 말해도, 별 탈 없이 살아 있기만 해도 감사하다고 생각하면 불행이 되지 않는다. 그러니 '네가 이래서 내가 불행한 거야'라는 말을 타인에게 꺼내며 책임을 전가하지 말자. 내가 마음을 잘못 먹어서 내가 행복하지 못한 것이다.

행복의 정의를 바꿔보자. 기쁘고 즐겁고 신나는 것이 행복이라고 정의하면 행복한 날이 많지 않다. 어제와 별반 다르지 않아서 따분하기까지 한 일상이 인생의 대부분을 차지하기 때문이다. 하지만 아무 탈 없이 지나가는 것이 행복이라고 정의하면, 무난한 하루도 행복에 포함되기 때문에 인생의 절반 이상을 행복한 사람으로 살다가 떠날 수 있다. 행복한 사람으로 살다가 생을 마감하고 싶은 꿈이 있다면, 아무 일이 일어나지 않고 내가 나로 숨 쉬며 살 수 있는 것만 해도 감사한 일이라고 생각해보자. 스펙이 어떻고, 어떤 사람이랑 결혼했고, 자식은 커서 무엇이 되었고. 그런 부수적인 것들은 접어두고 말이다.

숫자로 떨어지는 것

확률과 통계를 내 인생에 대입하지 마세요.
나에게 일어나면 100%이고,
나에게 안 일어나면 0%입니다.

합격률이 1%라는 말에 겁먹지 않아도 됩니다.
아무리 바늘구멍 같은 작은 숫자라 하더라도
들어가는 사람은 분명히 있습니다.
가능성이 아예 없는 도전이 아닌 거죠.
내가 1% 안에 들어가서 100%로 만들면 됩니다.

합격률이 99%라는 말에 자만해서도 안 됩니다.
내가 떨어지면 0%가 되니까요.
아무리 대궐 같은 큰 숫자라 하더라도
내가 못 들어가면 그림의 떡일 뿐입니다.

그러니 눈에 보이는 숫자들에
위축되거나 우쭐대지 마세요.

사람의 인생은 숫자로 딱 떨어지는 게 아닙니다.

하지만 저를 앤이라고 부르실 거면
꼭 뒤에 'e'를 발음해서 앤이라고 불러주세요.
그러면 코딜리어라는 이름은 포기하도록 노력해볼게요.

세모는 세모대로,
네모는 네모대로

    친구를 따라서 전시회에 갔던 날이었다. 입장료가 천 원 정도였는데, 돈을 내는지 안 내는지 따로 확인하는 사람도 없을 만큼 자유롭게 운영되는 공간이었다. 매번 크고 유명한 전시회만 가보다가 골목골목을 지나 한적한 곳에서 열리는 전시회를 찾아가니 외국에 온 것만 같은 느낌이 들었다. 전시회는 5분 정도면 다 돌아볼 수 있을 정도로 작은 규모였는데, 우리 말고 서너 사람이 더 있는 정도였다.

    친구와 그림을 함께 보는데, 그림 옆에 붙은 동그란 스티커 하나가 눈에 들어왔다. 전체적으로 보니 스티커가 붙어 있는 그림도 있고 그렇지 않은 그림도 있었다. 예전에 내가 가봤던

전시회에도 이런 스티커들이 붙어 있었나 곰곰이 생각하는데, 내 모습을 눈치챈 친구가 먼저 말을 해줬다. "이름 옆에 스티커가 붙어 있는 건 그 그림이 팔렸다는 의미야. 다른 사람이 샀다는 거지."

친구가 그 말을 해준 뒤부터는 그림을 볼 때 그림 옆에 스티커가 붙어 있는지 안 붙어 있는지를 눈여겨보게 되었다. 그러고 나니 그림의 가격에 시선이 갔다. 작품 옆에 이름, 사이즈, 연도 등이 적혀 있었는데 그 아래에 가격도 함께 적혀 있었다. 그래서 작품을 보고 작품 이름을 보고 가격을 보는, 이런 순서로 감상을 했다. 의아할 만큼 꽤 비싼 작품도 있었다. 합리적인 소비에 알뜰족이 많아진 시대에, 우직하리만큼 빳빳하게 적혀 있는 숫자가 왠지 세상과 동떨어져 있는 듯한 느낌이었다.

나는 흥정 따위는 개나 줘버린 가격표를 보고 '멋지다'고 생각했다. 작가가 만약 돈을 벌려고 했다면 그림 옆에 서서 "이거 원래 100만 원인데, 구매하신다고 하면 88만 원까지는 깎아드릴게요"라고 말을 붙였을 것이다. 그런데 이 전시회는 입장 금액도 받는 둥 마는 둥 했고, 그림을 사달라 말라 가타부타한 꼬리표도 없었다. '나는 이렇게 그렸고, 네가 마음에 들면 사라.' 그런 쿨내가 폴폴 풍기는 분위기에 반해버렸다. 비록 나에게는 그림 가격이 비싸게 느껴졌지만, 그림을 그린 작가는 그림이 나오기까지의 과정을 알기에 그 가치를 흥정하지 않았던 것이다. 그 시간들을 깎고 싶지 않았던 것이다.

흔히들 사람의 마음을 각이 져 있는 세모나 네모로 표현한다. 그래서 사람과 사람이 함께 어우러져 살아가려면 각자의 각진 부분을 둥그렇게 깎아야 한다고 한다. 그런데 나는 '세모는 세모대로 살고, 네모는 네모대로 살면 안 되는 걸까?'라는 의문을 품고 산다. 둥글어지는 게 나쁜 건 아니지만, 둥글게 될 때까지 얼마나 많은 아픔을 겪어야 하는지 알기에 그저 생긴 대로 살면 안 되나 하는 생각에서다. 내가 이렇게 생겼기에 세상에 도움이 되는 부분도 분명히 있을 테니까.

세모와 세모가 만나면 네모를 새로 만들 수 있고, 세모와 네모가 만나면 지붕이 있는 집을 새로 만들 수 있고, 세모와 동그라미가 만나면 고깔모자를 쓴 얼굴을 새로 만들 수 있다. 각자가 가지고 있는 각이 새로운 것을 탄생시키기도 하는데, 깎는 것만이 능사인 걸까. 세모는 세모대로 아름답고, 네모는 네모대로 아름답다. 타인과 흥정하며 자신을 굳이 깎지 않고, 전시회의 한 벽면에 걸려 있는 그림들이 내 눈에는 세상에서 제일 아름다워 보였다.

저는 이 길을 즐겁게 달리기로 마음먹었어요.
경험상 그래야겠다고 마음만 굳게 먹으면
즐겁지 않은 일이 별로 없는 것 같아요

행운이
가득한 사람

올림픽에서 동메달을 따고도 대스타가 된 선수가 있다. 중국의 수영 선수인데, 여자 100미터 준결승전을 치른 후의 인터뷰 내용이 화제가 되었기 때문이다. 치열한 경기가 끝난 후 선수가 경기장 밖으로 나가려고 하는데, 기자가 인터뷰를 시도했다. "기록이 58초 95가 나왔어요. 동메달이에요!"라고 기자는 경기 소식을 먼저 전했다. 동메달이 확정이라는 소식을 들은 선수는 매우 기뻐했다. 경기에 대한 아쉬움이나 결과에 대한 실망감은 전혀 보이지 않았다. 그 누구보다 기뻐하는 표정에서 행복감이 드러났다. 기자는 곧 "내일 경기도 기대하시나요?"라고 물었다. 그런데 그녀의 대답은 뜻밖에도 "아니요. 이미 완전 만족해요!"였다. '내일은 더 잘해보겠다', '더 좋은 기록을 내기 위해 준비하겠다'가 아니라 더 바랄 게 없다는 대답이었다.

금메달도 아니고 더 나아갈 수 있는 동메달임에도 내일을 생각하지 않는다는 그녀의 대답은 꽤 충격이었다. 기자는 당황하지 않고 들뜬 그녀의 기분을 가라앉힐 만한 질문을 던졌다. "은메달을 딴 선수와 0.01초밖에 차이가 나지 않았어요. 아쉽지 않나요?" 나는 그 질문을 듣고 그녀의 표정이 바뀔 거라 예상했다. 동메달을 따서 기뻐하는 선수에게 찬물을 끼얹는다는 생각도 했다. 하지만 그녀는 단호했다. "아뇨, 절대요. 제 손이 좀 더 짧았나 보죠." 그녀는 답변을 한 뒤 꺄르르 웃으며 경기장을 나갔다.

그 인터뷰 장면을 보면서 내가 느낀 건 '행복은 내가 어떤 관점을 가지느냐에 따라 달라지는 거구나'였다. 내가 그 선수였다면 0.01초밖에 차이 안 났다는 말에 밤잠을 설쳤을 것이다. 스포츠는 실력과 연습량이 물론 중요하겠지만 0.01초 정도는 그날의 컨디션에 따라 달라질 수도 있다. 나에게 행운이 조금만 더 따라줬다면 메달의 색깔이 바뀌었을 텐데 왜 나에게는 그런 행운이 따라주지 않았는지 가슴을 내리치며 속상해했을 것이다. 그런데 그녀는 손가락이 짧아서 기록이 차이가 났을 거라며 훌훌 털어냈다. 그녀의 태도를 보며 '저 사람은 단지 메달을 따려고 경기를 나온 게 아니구나'라는 생각이 들었다. 경기에 나가면 메달을 따고 싶고, 메달을 딸 것 같으면 이왕이면 금메달을 따고 싶은 게 사람 마음일 텐데, 만족한다는 대답을 자신 있게 하는 그녀를 보며 스스로를 반성했다. 그녀의 행복은 수영을 통해 딴 메달에 있는 것이 아니라 수영 자체에 있는 것이었다.

나에게 일어난 일을 '상처'로 남길 것인지 '경험'으로 남길 것인지는 내가 선택할 수 있다. 나는 여태껏 '왜 나에게만 이런 일이 일어나지?', '왜 저 사람은 나에게 상처를 주는 거지?'라고 세상에게 소리치며 화를 냈다. 그런데 그 순간을 상처로 만든 건 타인이 아닌 나 자신이었다. '한번 겪어봤으니 다음에 비슷한 일이 일어나면 좀 나을 거야'라고 받아들이면 경험이 되었을 텐데, 안 좋은 상상을 하며 다음을 두려워하니 상처가 되었다. 똑같은 책을 읽어도 누가 읽느냐에 따라 느낀 점이 다른 것처럼, 내 상황을 내가 어떻게 받아들이느냐에 따라 해석도 달라진다. 불쌍한 사람, 낙오자, 운이 없는 인생이라고 여기면 진짜로 그런 사람이 된다. 그냥 벌어진 일도 과거와 엮게 되니까 그것이 진짜인 것처럼 여기는 것이다.

나는 앞으로 스스로를 행운이 가득한 사람이라고 여기기로 했다. 실제로 행운이 얼마나 있느냐는 상관없다. 내가 행운을 안고 있다고 여기면 소소한 일도 다 행운처럼 느껴질 테고, 모든 것이 나에게 기쁨이 되어줄 테니 말이다.

아저씨가 오늘 밤까지 저를 데리러 오시지 않으면 커다란 벚나무가 있는
모퉁이까지 기찻길을 따라 내려갈 생각이었어요.
하얀 벚꽃이 활짝 핀 나무 위에서 달빛을 받으며 잔다니,
굉장히 멋질 것 같지 않으세요?

그럼에도
불구하고 괜찮아

　내가 행복하지 않을 땐, 행복을 위한 '준비'가 필요하다고 생각했다. 학교를 다닐 땐 시험을 준비했고, 회사에 들어가기 전에는 취업을 준비했고, 연애를 하기 전에는 썸을 타며 준비했다. 행복이 정확히 어떤 건지도 잘 모르면서 지금 내가 속한 상황이, 상황 속에서의 내 마음이 더 나아지기를 바라는 마음으로 행복을 빌었다. 그래서 꿈을 찾으려 했고, 돈도 아득바득 모으려 했고, 여러 분야에 있는 사람도 많이 만나고 다녔다. 그런데 이상하게 아무리 애를 써도 '이게 행복이다!' 싶은 확신이 들지 않았다. 크게 나쁜 건 없는데 그렇다고 확실히 좋은 느낌도 없는 맹탕의 맛이었다. 하지만 그런 싱거운 기분조차도 오래가지는 못했다. 금방 또 일이 잘못되어서 나에게 흙탕물을 튀길 것 같은 불안감에 휩싸였다. 내 기분이 상하기 전에 얼른 행복을 준비해서 방어 태세를 갖추자는 생각뿐이었다. 그렇게 나는 행복해지기 위해 행복해지는 준비만 열심히 했다.

행복에 준비가 필요하다는 생각을 부숴준 건 '그럼에도 불구하고'라는 문장을 만나고 나서였다. 누군가를 사랑할 때 상대방의 단점이 보여도 그럼에도 불구하고 사랑해주라는 것이었다. 돌이켜보니 나도 누군가를 사랑할 때 '그럼에도 불구하고' 사랑했었다. 나를 서운하게 만들어도, 어떤 점이 마음에 안 들어도 사랑하니 다 괜찮다고 보듬어주며 계속 만났다. 사랑하니까 괜찮다는 생각은 억지로 꺼낸 것이 아니었다. 진심으로 사랑하니까 고민할 겨를도 없이 이미 괜찮아져 있었다. 누가 가르쳐준 것도 아니었고, 오랫동안 준비를 해서 괜찮아진 것도 아니었다. 괜찮으니까 괜찮았다.

여기서 행복에 대한 힌트를 얻었다. 누군가를 사랑할 때의 내 모습에 행복을 대입했다. 어떤 시련이 와도 그럼에도 행복할 수 있다는 태도를 가졌더니 행복을 위해 무언가를 준비해야겠다는 생각이 더 이상 들지 않았다. 지금 내가 서 있는 곳이 행복이니까, 이미 나는 행복 안에 들어가 있으니까 준비할 필요가 없어진 것이다. 불행이 닥칠까 봐 초조해하던 마음도 차분해졌다. 어떤 일이 잘못되어도 '그럼에도 불구하고 괜찮아'라는 마음을 선택하면, 겉으로 보기에는 일이 잘못되었어도 속으로는 아무 문제가 없는 상태가 되었기 때문이다.

일이 잘 풀려야 행복해지는 게 아니라, 이러면 이런대로 행복이고 저러면 저런대로 행복이라는 것. 행복해지기 위해 아등바등하며 살지만, 아등바등하며 살지 않는 게 행복 그 자체라는 것. 저 멀리에 있어서 나와 닿지 못하는 것을 사랑하는 것이 아니라 손을 뻗으면 닿는 곳에 있는 것들을 사랑하는 것. 많은 것이 변화해야 행복해지는 줄 알았는데, 내 눈앞에 보이는 있는 그대로의 것들이 알고 보니 전부 행복이었다.

불안의 물음표가 아닌 확신의 느낌표

내가 지금 잘하고 있는지 못하고 있는지는 해보기 전까지 모르는 일입니다. 심지어 끝까지 다 한 다음 '못했네'라고 결론을 내렸는데, 10년 뒤에 '그때 잘했네'라고 생각하는 경우도 있습니다. 지금 당장 결과를 확인할 수 있는 일이 아니라면 물음표가 아니라 느낌표를 찍어서 스스로를 믿어주세요.

'잘할 수 있을까?'와 '잘할 수 있어!'는 엄연히 다릅니다. 맞게 가고 있는 길도 '어? 이 길이 맞나?'라고 생각하면 왠지 잘못 가고 있다고 느껴지는 것처럼, 마음속에 불안의 물음표가 많으면 잘하고 있어도 자꾸 뒤를 돌아보게 됩니다. 주춤주춤하다가 시기를 놓치거나 안 해도 될 실수를 하게 되죠.

"잘할 수 있어!"

방은 정말 우아했지만,
손님방에서 자보니 어쩐지 제가 늘 생각했던 것과 달랐어요.
어릴 때 그토록 간절히 바랐던 소원이어도 막상 이루어지면
상상했던 절반만큼도 멋지거나 신나지 않는 것 같아요.

행운의 여신이
안내해주는 길

원래 하던 일을 잠시 내려놓고 새로운 분야에 도전을 한 적이 있다. 1년 동안 공들였고, 주변 사람들의 반응도 나쁘지 않았기에 잘될 줄 알았다. 그런데 내 열심을 알아주는 사람은 지인들뿐이었고, 사회는 내 능력을 인정해주지 않았다. 처음 고배를 마셨을 때는 처음이라서 그렇다고 생각했다. 처음에는 누구나 서툴고 부족하니까. 조금 보완을 하면 분명히 될 거라 믿고 다시 용기를 냈다. 하지만 다음도, 다다음도, 다다다음도 나에게 기쁜 소식을 안겨주지는 않았다.

노력이 외면당했음을 받아들이자 마음이 쓰라렸다. 다른 사람들은 척척 잘해내는 것 같은데, 내 것도 나름 괜찮은 것 같은

데 자꾸 반려당하니까 속상했다. 이유라도 알려준다면 덜 억울할 것 같은데 별로인 이유조차도 알려주지 않았으니까.

내가 좋아하고 무척이나 하고 싶어 하는 일인데 왜 운이 따라주지 않는 건지 답답했다. 행운의 여신은 항상 내 편만 안 들어주는 것 같아서 미웠다. 솔직한 내 마음을 친구에게 털어놓았더니 친구는 "그 일이 너랑 안 맞는 건가 봐. 너 고통받지 말라고 애초에 시작도 못 하게 하는 걸 수도"라는 말로 나를 위로했다.

그 말을 들으니 떨어진 게 왠지 잘된 일처럼 느껴졌다. 예전에 친구가 나에게 해줬던 이야기가 떠올랐기 때문이다. 2년 동안 임용 시험 준비를 해서 선생님이 되었는데, 학교에 들어가막상 애들을 가르쳐보니 선생님이라는 직업은 자신의 적성과맞지 않음을 깨달았다는 이야기였다. 아이들을 가르치는 일이적성에 안 맞긴 한데 이것밖에 안 해봐서 이것 말고 다른 일은뭘 해야 될지 모르겠고, 선생님을 때려치우자니 그때까지 들인시간과 돈이 아까워서 속에서 천불이 난다고 했다. 부모님이실망할 걸 생각하면 심장을 조이는 중압감도 느껴진다고 했다.

물을 마시다가 사레가 걸리는 이유는 물이 들어가지 말아야 할 곳에 들어가서, 그걸 빼내기 위해서라고 한다. 물이 식도가 아닌 기도로 들어가면 익사의 위험이 있기 때문이다. 위험에 처하지 않기 위해 몸이 기침을 하게 만들어서 나를 살려준 셈이다. 생존하기 위한 본능이었던 것이다. 지금 하고 있는 일이 잘되지 않는 것도 어쩌면 나를 위해서일 수도 있다. '아직은 때가 아니다' 혹은 '이 일은 너와 맞지 않는다'라고 넌지시 알려주는 것이다.

내가 도전했던 일이 잘되면 당장의 기분은 좋을 수 있다. 투자한 만큼 성과를 얻은 것이니까. 하지만 지금 당장 좋은 일이 나중에까지 좋으리라는 보장은 없다. '그때 하지 말걸. 괜히 했어. 안 하느니만 못했어'라는 후회를 때때로 경험하곤 하니까. 그러니 인생이 좀 안 풀리는 것 같다고 해서 신을 원망하지 말자. 잘된 일인지 안된 일인지에 대한 판단은 몇 년 후에 해도 늦지 않으니까. 막막한 지금 이 시기가, 행운의 여신이 더 좋은 길로 가라고 안내해주고 있는 순간일 수도 있다.

2장

나를 가장
잘 알아주는 사람

나는 내가 아닌 다른 사람이 되고 싶지 않아.
평생 다이아몬드로 위로받지 못한다 해도 말이야.
나는 진주 목걸이를 한 초록 지붕 집의 앤에 아주 만족해.

금테를 두른
그림자

사회에 발을 내디뎠을 때, 내가 가장 처음으로 느꼈던 건 '돈 많은 사람이 많구나'였다. 학교를 다닐 땐 교복을 입고 지냈고, 공통된 관심사는 공부와 성적이었기에 누구 집에 돈이 많고 적고는 별로 신경 쓰지 않았다. 그러나 성인이 되고 사회에 나오자 서로의 성적표보다는 앞으로 무엇을 할지에 대해 관심이 많아서, 방학 때는 무엇을 할 것인지 휴가 때는 무엇을 할 것인지가 대화의 주된 내용이었다. 그때 처음으로 부의 차이가 피부로 와닿았다. 나는 하루 한 끼 먹는 것도 한 달 지출 계획에 넣어서 돈을 따지곤 했는데, 어떤 친구는 유럽으로 해외여행을 가고 어떤 친구는 주말마다 5성급 호텔에 가고 어떤 친구는 대중교통 타는 게 귀찮아서 택시를 타고 다닌다고 했다. 700원짜리 삼각김밥을 먹을지 1,200원짜리 삼각김밥을 먹을지 매번 고민하는 나와는 전혀 다른 삶이었다.

처음에는 그들이 부러워서 배가 아팠다. 다들 자기 능력껏 살아간다는 것을 알지만, 출발선이 달라서 생긴 불공평함 때문에 그랬던 것 같다. '쟤네들은 걱정도 없겠다'라고 속으로 빈정거리고 있을 때쯤, 한 친구가 다가와 자신의 고민을 털어놓았다. 친구들 사이에서 나는 고민을 잘 들어주는 사람으로 통했기에 나를 찾아온 것 같았다. 30분 정도 친구의 고민을 듣고 나니 배 아파하며 부러워했던 게 미안해졌다. 그 친구도 나처럼 꿈이 이루어지기를 원하고, 나처럼 누군가에게 사랑받기를 원하고, 나처럼 걱정 없이 살기를 원했다. 물론 고민의 내용이 돈을 가졌기에 할 수 있는 부분이라 그런 고민을 할 수 있다는 것 자체가 부럽긴 했지만, 친구의 표정을 본 나는 예전처럼 속으로 빈정댈 수만은 없었다.

사람마다 살아온 환경이 달라서 모두가 시작하는 선이 다르다. 어떤 선은 내가 노력하기만 하면 출발이 늦었더라도 가까이 갈 수 있다. 하지만 어떤 선은 내가 죽을 때까지 노력해도 닿지 못한다. 누구는 저기서 출발했는데 나는 한 10년을 달려서 저 사람의 출발선에 도착했다는 것, 내 평생을 바쳐도 저 사람이 태어날 때 서 있던 선에 도착하지 못한다는 것. 이러한 사실들이 자연스럽게 패배감을 안겨줘서 의지를 꺾으려 한다. 패배감을 안 가지는 게 가장 좋겠지만 그게 마음대로 조절이 안 될 때, 사람을 보는 게 아니라 사람의 '그림자'를 보면 부글부글 끓던 마음이 조금은 가라앉는다. 그림자는 다 똑같기 때문이다. 아무리 돈이 많아도, 아무리 능력이 뛰어나도, 아무리 예쁘고 잘생겨도 그림자는 똑같다.

금테를 두른 그림자는 없다. 그림자는 그냥 까만색일 뿐이다. 그렇게 생각하며 그림자 위의 사람을 올려다보면 '나랑 똑같은 사람이구나'라고 받아들일 수 있게 된다. 다른 사람과 내가 너무 비교되어서 자존감이 깎이려고 할 때, 그림자를 보며 각자가 가지고 있는 것들을 검은색으로 덮으려고 하면 마음이 고요해진다. 다 똑같은 그림자이다, 다 똑같은 사람이다. 그렇게 되뇌며 비교하는 마음을 내려놓아야 나를 지킬 수 있다. 내가 가질 수 없는 것으로 끊임없이 비교하면, 안 그래도 멀리 있는 선이 더 멀리 달아난다.

퀸스에서 돌아와 창가에 앉았던 그날 밤 이후로
앤 앞에 놓인 미래의 지평선이 좁아졌다.
하지만 발 앞에 놓인 길이 좁아진다 해도,
앤은 그 길을 따라 잔잔한 행복의 꽃이 피어나리라는 것을 알고 있었다.

나만의 속도로
성장하는 것

초등학교 때 운동회를 앞두고 체육 시간에 각 종목을 미리 연습하는 시간을 가졌다. 그중에서 반 아이들이 모두 참가하는 50미터 달리기가 있었는데, 학급 번호 순서대로 세 명씩 끊어서 한 조를 만든 뒤 1등과 2등 그리고 꼴찌를 가렸다. 달리기를 못하는 편이라 애초에 1등은 꿈꾸지 않았는데, 1등에게 공책을 준다는 담임선생님의 말에 갑자기 승부욕이 불타 올랐다. 엄마는 원래 쓰던 공책을 다 쓸 때까지 새 공책을 사주지 않았는데, 나는 헐어버린 기존의 공책에 질려서 새 공책을 갖고 싶어 했던 참이었으니까. 목표가 확실하니까 반드시 이겨야겠다는 마음이 자리 잡았다.

50미터 달리기는 기록과 상관없이 함께 뛰는 사람보다 결승점에 먼저 들어오기만 하면 되는 것이었다. 50미터를 30초에 들어와도 나머지 사람이 31초에 들어오면 내가 1등이 된다. 처음에는 그 규칙이 운동 신경 없는 나에게 유리하다고 생각했는데, 뛰면 뛸수록 내 승부욕을 과하게 자극하는 매개체가 되었다. 시작 지점에서 호루라기 소리를 듣고 출발했는데, 내 앞으로 달려가는 친구가 보이자 평정심을 잃고 말았다. 박자에 맞춰서 다리를 움직여야 하는데 앞 친구를 따라잡아야겠다는 생각에 무작정 다리를 앞으로 뻗었다. 그러다가 결국 균형을 잃어서 앞으로 넘어지는 바람에 창피를 당했다.

비슷한 나이에 비슷한 학교에 들어가 비슷한 회사에서 생활하다 보면 내 옆의 사람과 나를 비교하게 되는 시기가 온다. 그때, 내가 저 사람보다 더 좋은 곳으로 가야 한다는 생각이 들면 뭐라도 해보려고 욕심을 낸다. 갑자기 영어 학원에 등록하고, 운동을 다니고, 자격증 시험을 준비한다. 초반에는 의욕이 앞서서 계획대로 움직이지만, 갈수록 벌여놓은 일이 감당 안 되어서 에너지가 금방 고갈된다. 잘되고 싶어서 좋은 마음으로 시작한 일이었는데, 마음이 앞서서 스스로를 지치게 만든 셈이다.

하루하루 성장하는 것은 중요하다. 그리고 이왕이면 성장할 때 남들보다 더 많이 성장하고 싶은 마음이 드는 것도 자연스러운 현상이다. 하지만 보이지 않는 경쟁 속에서 중심을 지키며, 나만의 속도로 나아가야 한다는 것을 잊지 말아야 한다. 내 다리가 감당할 수 있는 속도는 이만큼인데, 남을 이겨보려고 무작정 속력을 내면 힘이 풀려서 넘어지고 만다. 그리고 한번 넘어지면 다시 따라잡기 힘들 만큼 앞사람과의 간격이 벌어져서 의욕이 꺾여버리는 불상사가 생긴다.

50미터 코스에 거북을 올려두면 거북은 결승점을 통과할 때까지 한 시간이 넘게 걸릴지도 모른다. 승부욕을 자극하기 위해 토끼를 옆에 두어도, 거북은 엉금엉금 걷다가 잠깐 쉬다가를 반복할 것이다. 거북은 느릿느릿하게 걷는 동물이기 때문이다. 그것은 거북이 거북으로 살아가는 방식이다. 이처럼 나도 내가 되어 나만의 속도로 살아가면 된다. 누구를 이기려고 빨리 달릴 필요도 없고, 누구 눈치를 보느라 느리게 걸을 필요도 없다. 그저 내 속도를 찾는 데만 집중하면 된다. 그러면 결승점을 1등으로 통과하지 않아도 공책을 선물로 받는 날이 온다.

누구와도 비교하지 말 것

남들은 어떻게 살고 있는지, 남보다 내가 나은 인생을 살고 있는지 궁금해서 내 인생과 남 인생을 비교합니다. 하지만 남과 비교하는 순간 그 경쟁은 무조건 내가 지는 결과를 낳습니다. 비교하는 사람은 남에게 집착을 하기 때문입니다. 남은 몇 등 했는지, 남은 어디를 갔는지, 남은 얼마나 버는지. 자꾸 남 인생에 집중하느라 정작 내 인생에 소홀해집니다.

남과 비교하지 마세요.
남이 뭘 하는지는 전혀 중요하지 않습니다.

나를 낳아주신 부모님조차도 내 인생을 대신 살아주지 않는데, 그보다 더 먼 남은 내 인생과 더더욱 상관이 없습니다. 나는 내 인생을 살면 됩니다. 내가 살고 싶은 인생을 그려나가는 것만 해도 부족한 게 시간입니다.

그 시간을 남과 비교하느라 쓰지 마세요.
그건 너무 아깝잖아요.

너를 위해서라면 뭐든지 할 수 있어. 하지만 이건 안 돼.
그러니까 제발 나한테 그런 부탁은 하지 말아줘.
그러면 내가 너무 힘들어.

거절은
거절일 뿐

몇 년 전까지만 해도 나는 누군가에게 부탁하는 것을 어려워했다. 크게 두 가지 이유가 있었는데, 하나는 상대방을 곤란하게 만들고 싶지 않아서였고 또 하나는 부탁을 거절당했을 때 마음이 살짝 긁혀본 경험이 있어서였다. 그래서 나에게 '부탁'이라는 단어는 벼랑 끝에 서 있지 않는 이상, 꺼내면 안 되는 카드였다. 타인에게도 부담이 되고 나에게도 부담이 되는 일이었으니까. 그렇게 부탁과 담을 쌓고 지낼 때쯤, 삼촌에게 어쩔 수 없이 부탁을 해야 하는 일이 생겼다. 더는 미룰 수가 없어서 문자를 보내야 하는데, 어떤 식으로 말을 꺼내야 할지 몰라 계속 핸드폰만 만지작거렸다. 나와 삼촌은 꽤 가까운 사이였고, 삼촌은 대부분 나의 부탁을 들어주는 사람인데도 문자 한 통 남기는 게 너무 어려웠다. 스스로가 답답하게만 느껴졌다. 부탁하는 걸 왜 이렇게 어려워할까, 왜 거절을 당하면 마음이 긁히는 걸까, 부탁은 부탁일 뿐인데. 나도 종종 누군가에게 부탁을 받고, 들어줄 수 없는 일이라면 거절을 하는데, 그런 건 전혀 어려워하지 않으면서 왜 남에게 부탁하는 건 어려워할까 의문이었다.

그 해답은 삼촌이 보낸 문자의 답장에서 얻어낼 수 있었다. 나는 '거절'이라는 것 자체를 대단하게 여기고 있었던 것이다. 거절은 그냥 부탁에 대한 거절일 뿐인데, 내 존재를 거절당하는 것처럼 여겨서 마음에 상처를 입었던 것이다. 내가 여력이 안 되어서 상대방의 부탁을 거절했던 것처럼 상대방도 여력이 안 되어서 내 부탁을 거절한 것인데, 나는 그 과정을 너무 확대해서 '내가 소중한 사람이 아니라서 거절했나 보다'라고 해석한 것이다. 물론 엄마가 나에게 부탁했을 때와 먼 친구가 나에게 부탁했을 때의 중요도는 다르다. 하지만 먼 친구라 할지라도 여력이 되었다면 나는 기꺼이 도와줬을 것이다. 덜 중요하고 더 중요하고의 문제가 아니라 내가 도와줄 수 있는지 없는지 그 여부에 따라 거절을 결정했을 것이다.

사람과 어울려 살기 때문에 도움을 안 받으려고 노력해도 어쩔 수 없이 부탁하는 일이 생긴다. 그리고 부탁을 하기에 거절을 당하는 경험도 한다. 함께 팀을 꾸리자고 제안했는데 거절, 오늘부터 사귀자고 고백했는데 거절, 회사에 들어가고 싶어서 지원을 했는데 거절. 하지만 여기서 잊지 말아야 할 사실은, 거절당한 건 내 가치나 존재가 아니라 '그 부탁 하나'이다. 이때까지의 노력, 실력, 관계, 마음, 추억 등이 부정당한 게 아니라 내가 부탁한 부분을 들어주기가 곤란해서 돌려보낸 것뿐이다. 그러니 거절당했다고 해서 '내가 그 사람에게 소중한 존재가 아닌가 봐'라고 확대해서 받아들이지 말자. 부탁을 들어주는지 마는지에 따라 나의 위치를 확인하려고 하면 인간관계가 점점 계산적으로 변하고, 새로운 상황이 생길 때마다 머릿속으로 계산기를 두드리게 된다. 그러면 결국 나만 피곤해진다. 그러니 가볍게 부탁하고, 가볍게 거절을 받아들이자. 거절은 거절일 뿐이다.

그 아주머니는 저한테 못생긴 빨강 머리라고
말할 권리가 없어요.

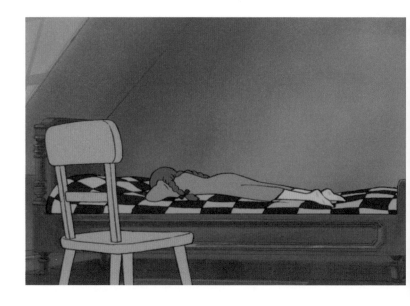

내 마음을
챙겨 받을 권리

친구가 몇 달 전에 오피스텔로 이사를 갔는데, 집에만 들어가면 이상하게 문자가 안 터진다고 했다. 건물 밖으로 나오기 전까지는 세상과 단절되어 있으니, 자신이 지금 어느 시대에 살고 있는지 도통 모르겠다며 어이없는 표정을 지었다. 친구가 그 불편함에서 어서 벗어나기를 바라는 마음으로 "계약이 끝나면 얼른 그 오피스텔에서 탈출하자!"라고 농담을 던졌다. 그런데 친구가 검지를 가로저으며 "탈출이라는 단어는 쓰면 안 돼! 나는 단어에 예민하다고!"라고 말했다.

순간 당황했다. 전혀 예상하지 못했던 부분에서 상대방의 기분을 상하게 했다는 생각에 토끼 눈을 뜨고 계속 미안하다고 사과했다. 친구는 웃으면서 괜찮다고 손사래를 쳤지만, 친구의 기분을 상하게 만든 것 같아서 마음이 쓰였다. 그런 일을 겪은 후 '이 친구는 단어에 예민하다'라는 정보를 머릿속에 입력했다. 그리고 그 친구와 대화할 때는 다른 사람과 이야기할 때보다 단어 선택을 신중하게 했다. 한 번 더 읽어보고, 한 번 더 생각했다. 다행히 그런 내 노력이 통했는지 그 뒤로부터 친구는 나에게 단어를 조심해달라는 말을 하지 않았다.

그 친구가 자신이 단어에 예민하다는 것을 이야기해주지 않았다면 나는 평생 몰랐을 것이다. 한평생을 살면서 '탈출'이라는 단어에 기분이 상해본 적이 없기 때문이다. 또, 나는 상대방과 대화할 때 단어보다는 뉘앙스에 조금 더 집중하는 편이다. 상대방이 기분 나쁠 만한 단어를 선택했다 하더라도, 문장을 전체적으로 봤을 때 내용을 전하려는 의도가 기분 나쁘지 않았다면 웃어넘기는 스타일이다. 그래서 그 친구가 자신의 성향을 말해주지 않은 채 참고 그냥 넘어갔다면 나는 종종 친구의 기분을 상하게 했을 테고, 어쩌면 서서히 멀어지는 관계가 되었을 것이다.

인간관계에서 상처받지 않으려면, 관계 속에서 주체적인 존재로 우뚝 서서 나의 영역을 지킬 줄 알아야 한다. '이렇게 말하는 건 나에게 상처가 돼', '이런 부분은 조언해주지 않아도 돼', '이 방식은 나와 맞지 않아'라고 내 생각을 전달하며, 상대방이 넘지 말아야 할 선이 어디까지인지 알려주는 것이다. 말을 하지 않으면 그들은 내가 상처받는지 모른다. 그 사람이 나쁘거나 눈치가 없어서가 아니라, 자신만의 선을 가지고 있으므로 상처받는 영역이 각자 다르기 때문이다. 그래서 말을 하지 않으면 상대방은 상처를 줬는지도 모르고, 나는 나대로 상처받아서 마음이 상하는 상황이 발생한다.

사회화를 통해 '관계'라는 걸 배우는 순간부터 의도하든 의도하지 않든 서로 상처를 주고받는다. 하지만 계속 상처를 받을지 안 받을지는 내가 결정할 수 있다. 상대방이 넘지 말아야 할 선을 알려주는 것이다. 선을 알려주는 과정에서 감정이 상하거나 관계가 틀어질 수도 있다. 그렇지만 갈등이 무서워서 그 상태를 참는다면, 상대방은 내가 괜찮을 줄 알고 상처 주는 상황을 또 만든다.

그것을 받아들이지 못하는 사람은 차라리 일찍 거르는 게 정신 건강에 이롭다. 모두에게 좋은 사람이 되는 건 불가능한 일이니, 내 마음도 적당히 챙기면서 살자. 내가 상대방의 마음을 챙겨주는 것처럼, 나도 내 마음을 챙겨 받을 권리가 있다. 상대방이 나에게 상처를 주도록 내버려두지 말자.

평균의 함정

평균의 함정에 빠지지 마세요.

평균 수심이 160센티미터라는 건 160센티미터보다 얕은 곳도 있지만 160센티미터보다 깊은 곳도 있다는 의미입니다. '내 키는 160센티미터니까 들어가도 되겠지?'라고 믿고 들어가면 물에 빠져 허우적거리게 됩니다. 취업 평균 나이니 직장인 평균 연봉이니 하는 건 신경 쓰지 마세요. 신경 쓴다고 해서 내 인생이 평균에 맞춰지는 것도 아니고, 평균이 내 인생에 맞춰주는 것도 아닙니다.

평균이라는 건 비교로부터 시작됩니다. 남하고 나하고 비교한다는 건, 내 인생에 그만큼 몰입하지 못했다는 의미입니다. 푹 빠져 있으면 주변은 돌아볼 틈도 없을 테니까요. 남의 인생은 보이지 않을 정도로 내 하루에 온 정신을 쏟으세요. 비교할 겨를이 없으니 뒤처짐에 대한 불안함도 줄어듭니다.

나는 내 인생답게 내 시간에 맞춰서 살면 됩니다.
내 인생에 자꾸 남을 끼워 넣지 마세요.

댁의 빨강 머리 여자아이를 여름내 바깥에서 오래 있게 하고,
활기차게 걸을 때까지 책은 읽지 못하게 하십시오.

내 몸에
경고등이 떴다면

목표가 생기면 그 목표만 생각하고 사는 사람이었다. 그래서 장기적인 프로젝트가 잡히면 그 기간 동안에는 '나'보다는 일을 우선시했다. 그러다 보면 가장 먼저 잃는 게 건강이었다. 프로젝트 초반에는 나름 힘을 내서 에너지를 품고 가는데, 프로젝트 중반쯤 되면 피로 누적으로 눈을 반만 뜨고 다닌다. 진행하던 일은 마무리해야겠기에 근근이 버티지만, 프로젝트가 막바지에 다다를 때쯤에는 2주에 한 번씩 응급실에 실려 가기를 반복했다.

이렇게 생활하는 게 잘못되었다는 것을 머리로는 알고 있었다. 하지만 나 혼자 일하는 게 아니니 팀의 속도에 맞춰야 해서 멈출 수가 없었다. 또, 마감 기한은 지켜야 하니까 하루를 쉬면 그다음 날에는 두 배로 고생한다는 걸 알기에 휴식을 선택하기도 현실적으로 어려웠다. 뒤처지면 안 된다는 생각, 나에게 주어진 것은 어떻게든 잘해야 한다는 생각이 나를 멈추지 못하게 했다.

일만 잘하면 된다는 생각에 정말 일만 했다. 그러다가 나를 정신 차리게 해줬던 건 오랜만에 만난 친구의 한마디였다. "너 살려고 일하는 거 맞지?" 눈꺼풀이 내려갔다 올라가는 게 느껴질 만큼 피곤한 상태였는데, 친구는 그런 나를 보며 죽어가고 있는 것 같다고 말했다. 친구의 말은 틀린 게 아니었다. 숨만 쉬고 있을 뿐, 시간 개념 없이 하루하루를 쳐내고 있던 나였다. "너 이거 1년만 하고 안 할 거야? 좋아하는 일이라며. 그럼 오래 해야지."

주위에서 '건강 챙겨라', '쉬면서 일해라', '너 많이 힘들어 보인다'와 같은 말을 자주 들었지만 그 말들은 나에게 큰 타격을 주지 못했다. 그런데 내 건강을 살피지 않으면 좋아하는 일을 오래 못 한다는 친구의 팩트 폭행은 내 뼈를 부러뜨렸다. 나는 그날 바로 필라테스에 등록했고, 살기 위해서라도 내 몸에 근육을 붙이기 시작했다.

일을 잘해내는 것을 능력이라고 말하는 것처럼, 건강을 챙기는 것 또한 능력이다. 건강이 안 좋으면 맑은 정신을 유지하기 어렵고, 정신 건강이 좋지 않으면 집중력이 떨어진다. 건강 대신 일을 선택하는 게 당장은 유리한 선택처럼 느껴지지만, 장기전에서는 건강을 잃으면 끝이다. 열심히 일해서 번 돈인데, 일 때문에 건강이 상해서 병원비로 돈을 다 써버리면 원점이 되어버린다. 그러니 일을 배우는 것처럼 쉬는 법도 배워야 한다. 쉬지 않고 계속 일만 하면 스스로가 돈 버는 기계처럼 느껴져서 생기를 잃고 만다. 내 세상의 색깔이 전부 사라지는 것이다.

자동차를 운전하다가 연료가 얼마 남지 않았을 때 계기판에 연료 부족 경고등이 뜬다. 그럴 때 근처에서 주유소를 찾아서 연료를 넣어줘야 자동차를 계속 움직이게 만들 수 있다. 그런데 경고등을 무시한 채 '조금만 더 가자', '아직 괜찮을 거야'라고 방심하며 운전을 계속하면, 도로 중간에서 자동차가 멈추고 만다. 그러면 위험한 사고로 이어져서 다칠 수 있다. 그러니 내 몸에 경고등이 떴다면, 빨간불을 무시하지 말고 지금이 회복해야 할 시기임을 받아들여야 한다.

잠깐 멈춰서 활력을 찾으면 쭉 갈 수 있는데, 그 시간을 아깝게 여기고 계속 가동시키면 완전히 멈춰버린다. 돈도, 명예도, 권력도 건강을 잃으면 아무 소용이 없다. 어른들이 건강이 최고라고 말씀하시는 이유는 다 그 때문이다.

한 사람이 저지를 수 있는 실수에는 분명 한계가 있어요.
제가 그 한계에 다다르면 제 실수도 끝나는 거죠.
그렇게 생각하면 마음에 정말 위로가 돼요.

인생은 볼링을
치는 것처럼

　불타는 금요일에 맛있는 저녁을 먹고, 친구들과 2차로 볼링을 치러 갔다. 2 대 2로 팀을 나눠서 진 팀이 볼링장 비용을 전부 다 지불하는 내기였다. 손바닥을 엎거나 뒤집는 방식으로 편을 나눴는데, 나랑 팀이 되지 않은 두 명의 친구는 내가 볼링을 못 치는 것을 알기에 팀이 나뉘자마자 환호성을 질렀다. 이길 거라는 확신을 가진 것이다. 한 게임에 한 사람당 열 번씩 공을 굴렸는데, 두 번째 칠 때까지는 상대 팀이 예상했던 대로 경기 흐름이 흘러갔다. 내가 굴린 볼링공이 양옆의 거터에 빠지지는 않았지만, 정중앙으로 가지 않아 볼링핀을 예닐곱 개밖에 쓰러뜨리지 못했다. 하지만 세 번째 차례부터 반전이 있었는데, 내 팔이 감을 잡았는지 공을 내가 원하는 대로 굴릴 수 있게 되었고 그 덕분에 경기의 흐름을 가져온 것이었다.

세 번째 판에 내가 처음으로 스페어 처리를 하고, 다섯 번째 판에는 스트라이크를 쳤다. 연이은 고공 행진에 내 점수가 확 올랐고 상대 팀의 1등과 점수가 비등비등해졌다. 그러자 그때부터 볼링을 잘 치고 있던 1등 친구의 공이 자꾸 옆으로 샜다. 내가 뒤를 바짝 따라오자 위기감을 느낀 모양이었다. 그 친구는 다섯 번째 차례까지는 높은 점수를 내다가, 내가 점수를 따라잡은 여섯 번째 판부터는 평정심을 잃었는지 핀을 많이 쓰러뜨려도 스페어 처리를 하지 못해서 점수를 불리지 못했다. 그렇게 나는 121점이라는 인생 최고 점수를 찍었고, 1등을 하고 있던 친구는 80점으로 마무리를 했다. 결과는 우리 팀의 승리였다.

인생을 사는 건 볼링을 치는 것과 같다. 볼링은 축구, 야구, 농구처럼 상대의 실력 때문에 내 실력을 발휘하지 못하는 운동이 아니다. 나만 잘하면 높은 점수를 받을 수 있다. 나 자신과의 싸움인 것이다. 그런데 같은 레인 혹은 옆 레인에서 볼링을 치다 보니 상대가 핀을 몇 개 쓰러뜨렸는지가 보이고, 점수판도

보려면 얼마든지 볼 수 있으니 나랑 자꾸 비교하게 된다. 내가 이때까지 연습해온 것만 생각하면서 공을 굴리면 되는데, 남보다 더 잘해보려고 욕심을 부리다가 생각이 많아져서 끝까지 집중하지 못한다. 그렇게 한번 말리기 시작하면 계속 말리고, 내가 내 꾀에 넘어가 경기에서 져버리고 만다.

비교는 비교하는 것 외에 다른 조건들이 모두 동일해야 의미가 있다. 나랑 모든 조건이 다 똑같은 상태에서 그 사람이 공부를 더 잘하면 나보다 뛰어나다고 판단할 수 있을 것이다. 하지만 그 사람이 나보다 공부를 잘해도 나보다 센스가 떨어진다면 나보다 뛰어나다고 판단할 수 있을까? 삶은 이처럼 딱 떨어지지 않는 모호한 부분이 많아서 비교하는 건 큰 의미가 없다. 그래서 백 명의 사람이 있다면 백 가지의 삶이 있는 것이다.

나 자신에게만 집중하면 된다. 내가 무엇을 원하는지, 내가 무엇을 하면 되는지, 내가 잘하고 있는지. 나에 대한 데이터만 잘 쌓아서 활용하면 된다. 그러지 않고 자꾸 남의 데이터를 중간에 넣어 우위를 정하려 하면, 머릿속이 복잡해져서 정작 봐야 될 정보를 보지 못한다.

이윽고 앤이 묘지를 나와 '반짝이는 호수'까지 긴 비탈길을 걸어 내려갈 즈음,
해가 넘어가면서 에이번리 마을 전체에 꿈결 같은 저녁놀이 내려앉았고
'태고의 평화'가 드리워졌다.

힘을 빼면
떠오를 거야

　20대 후반이 될 때까지 무엇을 해야 할지 잘 몰랐다. 정확히 말하면 무엇을 하고 싶어 하는지는 알았는데, 무엇을 해야 할지는 모르는 상태였다. 안정적인 공무원을 해야 하나, 근데 합격하기가 하늘의 별 따기라던데. 좋아하는 글쓰기를 계속해야 하나, 근데 작가로 벌어 먹고살기 힘들다던데. 평범한 회사에 들어가서 월급 받으며 살아야 하나, 근데 안 좋은 회사에 들어가면 지옥이라던데. 이런 생각들이 나를 혼란스럽게 만들어서 선택을 망설였다. 그런데 자세히 들여다보니 내 생각들에는 공통점 하나가 있었다. '근데' 뒤에 붙은 문장들은 내가 아닌 남들이 하는 말이었다. 내가 도전하고 싶은 마음이 들 때마다 타인의 시선들이 내 마음을 억누르고 있었던 것이다. 어쩌면 20대

후반이 될 때까지 무엇을 해야 하는지 몰랐던 이유는 타인의 시선 때문일지도 모른다. 몇 살 땐 이거 해야 돼, 남들은 벌써 했다던데, 이거 하면 그렇게 힘들다더라, 이런 시끌시끌한 소리들 때문에 내 마음이 말하는 소리를 듣지 못했던 것이다.

사람은 사회적인 동물이기 때문에 통상적인 기준에 더욱 관심을 가지는 것 같다. 남들이 언제, 어떻게, 무엇을 해냈는지가 자꾸 신경이 쓰이는 것이다. 그래서 마치 그들이 가는 길을 함께 가야 할 것 같고, 다른 사람들이 가는 길에서 튀면 안 될 것 같고, 내가 속한 무리에서 뒤처지면 안 될 것 같다. 사람이니까 그런 불안이 드는 것이다. 예를 들어, 비옥한 땅에 씨앗이 하나 뿌려졌다고 가정해보자. 농부가 나무에게 "빨리 뿌리를 내려라", "너 3월 23일에는 싹이 터야 한다"라고 아무리 명령해도 나무는 그냥 자기가 자라고 싶을 때 자랄 것이다. 물을 더 주고 거름을 더 뿌리며 재촉해도 아무 소용이 없다. 나무는 신경도 쓰지 않은 채 자신에게 흘러가는 시간과 함께 자랄 것이다. 다른 나무가 300년을 살았다고 아무리 떠들어도 자신에게 주어진 시간만 볼 것이다.

인생을 오늘내일로 보면 졸졸졸 흐르는 계곡과 같다. 하지만 넓게 보면 계곡에서 흐르던 물이 강으로 가고, 강에서 흐르던 물이 바다로 가는 것처럼 인생도 크게 보면 결국 '살아내는 것'이다. 그저 살아가면 되는 것이다. 물론 살아가는 과정에서 성공과 실패가 있을 테고, 실패했을 때 안 좋은 평가를 받을 수도 있다. 하지만 그 평가도 결국 그 순간의 평가다. 내가 죽기 전까지는 그 실패가 '진짜 실패'였는지 '성공을 위한 거름'이었는지 아무도 알 수 없다. 죽기 전까지는 사람에게 무슨 일이 일어날지 아무도 예측할 수 없는 게 인생이니까. 그러니 내가 무엇을 해야 할지 몰라서 계속 가라앉을 때는 몸에 힘을 빼고 내 마음만 들여다보자. 내 몸을 긴장하게 만드는 통상적인 기준, 남들의 시선, 들려오는 평가는 잠시 닫아두고 내 마음을 들여다보며 힘을 빼려고 해보자. 그렇게 힘을 빼면 어느새 물 위로 몸이 떠올라 나를 숨 쉬게 해줄 것이니까.

소중한 것을 소중하게

　홀로 걸어야 하는 길을 가다 보면 나를 무너뜨리는 말이 귀에 들립니다. '쟤 2년이나 공부했는데 아직도 합격 못 했나 봐', '쟤 어렸을 때는 난다 긴다 하지 않았나?', '저거 시간 낭비 돈 낭비 아니야?' 굳건했던 내 의지를 흔들고, 지켜왔던 내 자존심을 후벼 팝니다. 이런 시선을 견디는 게 힘드니까 '내가 이런 소리를 들으면서까지 해야 하나?'라는 생각과 함께 포기를 떠올립니다.

　내 마음이 포기하고 싶다고 말하면 포기해도 괜찮습니다. 내 길은 내가 선택하는 것이니까요. 포기 또한 내가 개척하는 길이니 포기가 나쁘다고 말할 수 없습니다. 하지만 주변 시선 때문에 내 길을 포기하는 선택은 하지 마세요. 좋은 소리만 들으며 성장하는 사람은 없습니다. 자존심 다 지켜가며 이뤄낼 수 있는 일은 없어요.

포기를 고민할 때는 나를 중심에 두고 결정하세요. 남이 어쩌고저쩌고하는 소리는 잠시 내려놓고요. 아닌 것 같아서 스스로 그만뒀는데도 나중에 아쉬움이 남는 게 포기입니다. 어쩌면 내 인생에 큰 영향을 줄 수 있는 선택이 될지도 모릅니다. 그 소중한 결정권을 남에게 쥐여주지 마세요.

소중한 것을 소중하게 대하지 않은 것에 대한 대가는, 남이 치르는 게 아니라 내가 치르게 됩니다.

앤은 간절한 희망이나 계획이 무산되면 '고통의 나라'로 거꾸러졌고,
반대로 기대가 이루어지면 아찔한 '환희의 왕국'으로 날아올랐다.

감정이 멀미가 온 것처럼
메스껍다면

대학교를 졸업하고 취업 준비를 하는데, 지원하고 싶은 곳은 많은데 신입이 아닌 경력만 뽑는 곳이 많았다. 학교를 다니면서 성과를 냈던 활동과 휴학했을 때 회사를 다닌 경험이 있었지만, 경력 2, 3년 차를 원하는 필수 요건에는 미치지 못했다. 이른 나이에 회사를 들어간 경험이 있어서 눈이 높아진 상태였고, 내가 가고 싶은 회사에서 내가 하고 싶은 일을 하겠다는 욕심이 그득그득한 상태였기 때문에 절망감은 더 컸다. 휴학했을 때 다녔던 회사의 동료들이 경력을 살려서 더 좋은 곳으로 이직하는 모습이 종종 보였기에 더더욱 비관적이 되었다. 내가 다닌 대학교는 취업계를 써주지 않아서 회사를 그만둘 수밖에 없었기에, 내 경력을 끊은 융통성 없는 학교가 원망스럽기까지

했다. 가족들 얼굴 보기가 민망해서 동굴 속으로 들어갔고, 위축될 필요도 없는데 괜히 위축되기까지 했다.

입시 실패, 취업 실패, 연애 실패, 가족 관계 실패. 단어만 들어도 턱턱 숨이 막힐 정도로 큰일이다. 하지만 인생을 멀리 보면 마인드맵처럼 찍고 지나가는 순간의 점일 뿐이다. 앞으로 나에게 찾아올 일은 무궁무진하며, 또 다른 행복과 또 다른 슬픔도 기다리고 있다. 지금이 인생의 마지막 페이지가 아니라는 의미이다. 그리고 현재는 주변 사람들이 나의 불행을 입에 담으며 수군댈 테지만, 그들에게 새로운 뒷말이 생기면 그들의 대화에서 내 이름이 빠질 것이다. 타인의 시선을 걱정하지 말자. 지금 내가 가장 신경 써야 될 것은 실패로 인해 다쳤을 내 마음뿐이다.

이렇게 인생에 찾아오는 순간의 점들에 마음을 다치지 않는 방법은, 순간순간 찾아오는 상황에 내 감정을 올인하지 않는 것이다. 기쁜 일이 찾아와도 너무 기뻐하지 않고, 슬픈 일이 찾아와도 너무 슬퍼하지 않는 것이다. 기쁜 일이 찾아왔을 때 너무 기뻐하면 이 기쁨을 잃기 싫어서 아등바등하게 된다. 또, 조그마한 슬픈 일에도 마음이 곤두박질을 쳐서 상처를 크게 입는다. 그리고 슬픈 일이 찾아왔을 때 너무 슬퍼하면 우울의 늪에 빠져버린다. 나중에 우울의 늪에서 빠져나온다 하더라도, 행운을 믿지 못하게 된다. '얼마나 안 좋은 일이 생기려고 나에게 이런 기회가? 이건 분명히 행운이 아닐 거야'라며 기쁜 일이 찾아와도 의심부터 하는 것이다.

감정이 멀미가 온 것처럼 울렁거린다면 먼 곳을 보자. 눈앞에 일렁이는 파도를 계속 보고 있으면 멀미가 심해진다. 내가 실수한 것, 지워버리고 싶은 기억, 마음대로 되지 않았던 순간들. 나를 울렁거리게 하는 것들이 보이지 않을 만큼 내 인생의 먼 곳을 바라봐주자. 그렇게 하면 완벽하게 괜찮아지진 않더라도 당장 토할 것 같은 메스꺼움은 나아질 것이다.

나는 사라지지 않습니다

　끔찍한 일을 겪어도 나는 사라지지 않습니다. 안 좋은 경험이 추가된 내가 새로 생기는 것이지, 좋았던 과거의 내 모습까지 지워지는 것이 아닙니다. 물론 안 좋은 경험이 너무 커서 좋았던 경험이 덮일 수도 있지만, 있었던 일이 없었던 일로 되지 않는 것처럼 '좋았던 나'도 분명히 남아 있습니다.

　사진을 찍은 것처럼 선명하게 남은 그날의 장면이 불쑥 찾아와 나를 괴롭히는 날도 있을 것입니다. 그리고 그것이 내 우울함을 건드려서 인생을 좀먹으려고도 할 것입니다. 하지만 그렇다 하더라도 나는 사라지지 않습니다. 내 마음이 있고 내 생각이 있고 내 뜻이 있는 한,

나는 분명히 존재합니다.

사람들 속에서 투명 인간이 되려고 하지 마세요. 이 세상에서 나를 지우려고 하지 마세요. 내가 사라져야 하는 게 아니라, 나를 사라지게 만들려고 하는 것들이 오히려 내 인생에서 사라져야 될 것들입니다. 혼자의 힘으로 이겨내기 힘들다면 주변의 도움을 받아보세요.

백 명이 나에게 무관심해도 나의 간절한 목소리를 들어주는 한 사람만 있다면 무채색이었던 세상에 색깔이 드리웁니다.

옷에는 꽃을 달면서 왜 모자에 달면 우스꽝스럽다는 건지 모르겠어요.
옷에 꽃을 다발로 단 아이들이 얼마나 많았는데요.
그거랑 뭐가 달라요?

나에게
좋은 사람

초등학교 1학년 때쯤, 우리 집 환경이 별로 좋지 못했다. 친척들은 나를 볼 때마다 "엄마가 많이 힘드시니까 착하게 행동해야 돼"라고 말씀하시며 착한 아이의 이미지를 상기시켰다. 학교에서는 알림판에 '착한 어린이가 되어요'를 써 붙여서 착함을 강조했고, 담임선생님은 자리를 비울 때면 "떠들지 말고 조용히 있어야 돼요. 착한 어린이처럼 있을 수 있죠?"라고 되물으며 우리들에게 착한 아이의 이미지를 상기시켰다. 그 나이대에는 착한 게 무엇인지 정확히 몰랐다. 다만 어른들의 말씀에 대꾸하지 않고 시키는 대로만 하면 "아유, 착하네"라며 머리를 쓰다듬어주니 '이런 게 착한 거구나'라고 어림짐작했을 뿐이었다.

'착하다'의 사전적 의미는 '언행이나 마음씨가 곱고 바르며 상냥하다'이다. 그런데 문제는 착하다고 받아들이는 정도가 사람마다 다르다는 것이다. 똑같은 행동을 해도 어떤 사람은 착하게 보고, 어떤 사람은 이미지를 관리하는 여우로 본다. 그래서 사람들 사이에 있을 때는 매 순간 눈치를 보며 타인의 기분을 살피게 된다. 사람마다 착하다고 여기는 정도가 다르고, 그 사람의 컨디션에 따라 착하다고 여기는 범위가 달라지니까 신경을 곤두세우고 있어야 한다.

이처럼 사람들과 있을 때 '나'는 없고 '남'만 있으니까 나는 점점 내향적인 사람이 되었고, 사람 만나는 것을 귀찮아하게 되었다. 때로는 사람 자체를 무서워하기도 했다.

'착하다'라는 단어는 겉으로는 따뜻해 보인다. 남을 위하고, 분위기를 잘 맞추고, 유연한 사람처럼 느껴지게 하니까. 하지만 다른 방향에서 보면 남을 위해 나를 버리는 폭력적인 단어로도 느껴지기도 한다. 틀에 가둬놓고 눈치를 보게 만들고, 다른 사람에게 피해 주지 않으려고 나 자신에게 피해를 준다. 착한 사람으로 살라는 말을 오래 듣다 보면, 나를 나로 바라보지 못하고 '남이 바라보는 나'를 나 자신으로 여기게 된다. 착하다는 것에는 늘 남의 평가가 뒤따르기 때문이다. 그렇기 때문에 남의 시선이 무섭고, 남을 의식하게 되고, 남을 기준으로 두게 된다. 그래서 내 자존감의 높이는 타인에 의해 결정이 되고, 곁에 누가 있느냐에 따라 내가 달라진다. 위태로운 삶을 살아가는 것이다.

착한 사람이 아니라 나에게 좋은 사람이 되어야 한다. 그래야 심리적으로 안정이 된다. 모든 순간을 안고 가지 않아도 된다. 모든 인간관계를 안고 가지 않아도 된다. 남을 위하는 것도 좋고, 분위기를 깨지 않는 것도 좋고, 유연한 사람이 되는 것도 좋지만, 전부 내가 괴롭지 않은 선에서 이루어져야 '좋은' 것이다. 다른 사람들이 다 즐거워도 내가 즐겁지 못하면 그것들조차 노동이 된다. 지금보다 더 당당하게 살아도 괜찮다. 회사도 중요하고, 인간관계도 중요하고, 돈도 중요하지만 아무리 중요해도 '나'보다 중요하진 않다. 나를 잃어가면서 해도 되는 일은 없다. 그러니 '착하다'라는 단어에 갇혀서 나를 옥죄는 일은 하지 말아야 한다.

정말 멋진 날이야! 이런 날에는 살아 있다는 것만으로도 행복하지 않니?
아직 태어나지 않아서 이런 날을 보지 못하는 사람들이 불쌍해.
물론 그들도 멋진 날들을 보기야 하겠지만 오늘 하루는 영영 볼 수 없잖아.

가장 확실한
지금

남들이 다 이직을 준비할 때, 나는 회사가 아닌 프리랜서를 선택했다. 주변 사람들은 다 의아해했다. 회사에서 쌓은 경력을 발판 삼아 더 높은 곳으로 가는 게 시기상 좋지 않겠냐는 조언도 빠지지 않았다. 내가 프리랜서의 길을 확실한 마음으로 선택한 계기는 '면접'이었다. 이직을 할까 프리랜서를 할까 한창 고민할 때, 우선 어디라도 붙고 보자는 마음으로 회사에 서류를 제출했다. 원하던 회사에 서류 합격해 면접장에 들어갔는데, 이상하다고 느껴질 만큼 긴장이 되지 않았다. 친구를 만나서 수다를 떠는 기분이었다. 면접을 볼 때는 '어? 나 하나도 안 떠네?'라고 기분 좋아했다. 그런데 집으로 돌아오는 지하철 안에서 내가 왜 떨지 않았는지 그 이유를 알게 되니 한 방 맞은 기분이었다.

머리는 회사에 들어가고 싶어 했지만, 마음은 회사에 들어가고 싶지 않았던 것이다. 합격이 간절하지 않았기에 결과를 좌우하는 면접관이 앞에 있어도 긴장하지 않은 것이다. 회사에 들어가면 잠깐은 기쁘겠지만, 조금 익숙해지면 끊임없이 다른 일을 추구하며 지낼 것 같다는 생각이 들었다. 마음이 진정으로 원하는 일이 아니니까. 그래서 프리랜서를 선택했다. 지금 이 순간에 서 있어야 하는데, 지금이 아닌 미래를 기약하며 마음이 다른 곳에 가 있으면 행복하지 않을 것 같았기 때문이다.

회사에 들어가면 내 미래는 안정적일 가능성이 크다. 그 가능성이 확실한 미래를 만들어줄 것이다. 어찌되었든 한 달에 한 번 월급은 나오고, 이직의 기회도 계속 생기니까. 하지만 회사를 다니는 데 '시간을 쓴다'고 생각하니, 필요 이상의 지출이 생길 때 '돈이 아깝다'라는 마음이 들었던 때와 비슷한 마음이 들었다. 10년, 20년을 살 것 같은 게 인생이지만 당장 내일 죽을 수도 있는 게 인생이니까. 그렇게 생각하니 가장 확실한 건 현재이고, 가장 불확실한 게 미래라는 생각이 들었다. 그 누구도 내가 몇 살까지 살 수 있는지 예측할 수 없는데, 그런 유한한 인생에 차선을 택해서 소중한 시간을 쓰는 게 아까웠다.

많은 사람의 의견과 반대편에 서 있을 때, 다수의 선택을 믿어야 할지 내 선택을 믿어야 할지 혼란스러울 때가 있다. '많은 사람의 선택을 따르는 게 무난하겠지?'라는 생각과 '내가 정말로 원하는 걸 하면 안 되는 건가?'라는 생각이 싸운다. 그럴 때 '하나밖에 없는 내 인생을 걸고 할 만한 일인가?'라는 질문을 100번 정도 되뇌면, 내면 깊은 곳에서 마음의 소리가 서서히 들리기 시작한다.

이 과정을 통해서 내 마음이 어떤 말을 하고 있는지 알아내는 것부터가 먼저다. 무엇이 좋은 선택이고 나쁜 선택인지는 모르겠지만, 적어도 내 마음이 원했던 선택은 후회가 적다. 후회가 적으면 결과적으로 나쁜 선택이었다 할지라도 나쁜 선택이 아니게 된다. 다른 사람들의 말에 귀 기울이든 내 욕구에 귀 기울이든, 내 마음이 내린 선택이면 다 괜찮은 선택이다. 그러니 어떻게 바뀔지 모르는 미래를 두고 두려워하지 않아도 된다. 가장 확실한 건 지금이니까.

화분에 심긴 씨앗

누구나 인생에 씨앗 하나를 품고 있습니다. 그리고 누구나 내 인생에 꽃이 피기를 소망하죠. 내가 바라는 대로 씨앗이 싹을 틔우고 꽃이 피게 하려면, 그 식물이 잘 자랄 수 있도록 돌봐야 합니다. 보통은 식물이 자라려면 햇빛을 잘 보여주고 물을 자주 주면 된다고 알고 있습니다. 하지만 어떤 식물은 햇빛을 많이 보여주면 시들고, 어떤 식물은 물을 많이 주면 썩습니다. 저마다 잘 자라는 환경이 다른 거죠.

사람도 마찬가지입니다. 혼자일 때 능력이 잘 발휘되는 사람인데, 무리 속에 있으면 사람에게 치여 상처받느라 꽃을 피우지 못합니다. 또, 바깥으로 돌아다녀야 생기가 도는 사람인데, 사무실에만 앉아 있으면 생각이 틀에 갇혀 꽃을 피우지 못합니다.

왜 내 화분에는 꽃이 피지 않는 건지 속상해하기 전에, 꽃이 필 수 있도록 세심하게 돌봤는지부터 확인해보세요. 내가 자랄 수 없는 환경에 데려다 놓고 왜 나만 꽃이 피지 않는 것이냐며 원망하고 있는 건 아닌지 돌이켜보세요.

내가 나를 모르면 씨앗은 새싹이 되지 않고 계속 땅에 묻혀만 있습니다.

앤은 에이번리와 관계만 있다면 조시 파이마저 반가웠지만,
조시랑 같이 있느니 혼자서 눈물을 흘리는 편이
더 낫지 않을까 하고 생각했다.

파도가
바위를 깎을 수 있다

친구와 베트남으로 여행을 갔다. 친구의 입맛이 까다로운 편이었는데, 여행 2일 차까지도 음식 문제가 별달리 없어서 다행이라고 여기며 맛집을 탐방하고 있었다. 방심하면 문제가 생긴다고들 했던가. 3일 차 때 현지 음식을 주문했는데, 음식이 맛이 있고 없고를 떠나서 여태껏 경험해보지 못한 색다른 맛이었다. 뼈다귀 해장국에 토마토를 갈아 넣은 맛이 나는 국, 끝 맛에 특유의 향신료 냄새가 올라와서 속을 놀라게 하던 장조림 등이 현지 음식의 특징을 제대로 느끼게 했다. 그런데 나와 친구는 같은 음식을 먹었는데도 반응이 달랐다. 나는 '이게 바로 현지 음식이구나. 이런 곳에 왔으면 이런 음식도 먹어봐야지' 하면서 나름대로 즐기며 먹었는데, 친구는 "우웩, 와, 이건 도저히 못 먹겠다. 이게 무슨 음식이야?"라고 구역질 나는 말들을 꺼냈다. 처음에는 친구의 반응을 이해했다. 나도 첫 숟가락을 뜬 다음 당황했으니까. 그런데 친구는 맛있게 먹고 있는 나를 앞에 두고 10분 동안은 음식에 대한 불평불만을 늘어놓았다.

참 신기하게도, 구역질 가득한 친구의 표정에 노출되자 그 음식이 점점 맛없게 느껴졌다. 친구가 맛없다고 말하기 전까지 그 음식을 맛있게 먹고 있었다. 멀리 여행 온 기분이 나서 좋기까지 했다. 그런데 친구가 우엑우엑 소리를 내니 나도 왠지 헛구역질이 날 것만 같았고 음식이 비리게 느껴졌다. 마치 최면에 걸린 것처럼 친구와 똑같은 마음이 되어버렸다. 원래 그런 마음이 아니었는데 말이다. 결국 친구와 나는 음식의 절반 이상을 남기고 음식점을 나와야만 했다. 음식점을 나오면서 친구가 나에게 물었다. "아까 먹은 것들 진짜 맛없었지?" 그 질문에 뭐라고 대답해야 할지 몰랐다. 맛은 있었는데 맛없게 느껴지게 된 것이라 그 음식을 내가 어떻게 표현해야 하는지 헷갈렸다. 분위기를 맞추기 위해 맛이 없었다고 답변했지만 그 음식에 대한 아쉬움이 남았다. 색다른 현지 음식으로 기억에 남을 수 있었는데, 냄새가 잔뜩 나는 맛없는 음식으로 전락해버렸으니까.

파도가 한 번 친다고 해서 바위가 깎이진 않는다. 오히려 파도가 바위에 부딪히면서 반대로 밀려 나간다. 하지만 파도가 수백 번 치면 조금씩 깎이고, 세월이 더해지면 파도가 치는 모양에 따라 바위 모양이 바뀌어버린다. 인간관계를 맺다 보면 특별히 나쁜 사람은 아닌데, 이상하게 그 사람 옆에만 있으면 내 마음이 부정적으로 바뀌는 경우가 있다. 물론 아예 대놓고 나를 까내리는 사람도 있다. 초반에는 '이 사람이 이런다고 해서 내가 크게 달라지겠어?'라고 쉽게 생각한다. 하지만 그 사람과 함께 있을 때면 기분 상하는 일이 많아지고, 감정이 왔다 갔다 하는 일이 잦아지다 보니 기질 자체가 바뀌기 시작한다. 그렇게 되면 그 사람이 아닌 다른 사람과 있어도 쉽게 부정적인 기운에 휩싸인다. 결국 타인으로 인해 내가 깎여버린 것이다.

아닌 것 같다 싶을 땐 자연스럽게 거리를 두자. 한동안 외롭긴 하겠지만, 그 사람만이 내 외로움을 채울 수 있는 존재는 아니니까. 설령 외로워진다 하더라도 내가 나빠지는 것보다는 훨씬 낫다. 앞으로 남은 내 인생을 위해 과감하게 잘라내버리자. 그 사람과 붙어 있지 않아도 삶은 다 살아진다.

오 분 전만 해도 너무 비참해서 태어나지 말걸,
하고 생각했는데 지금은 천사도 부럽지 않아요!

우리는 모두
존재만으로도 특별해

　한창 '자존감'이라는 키워드에 관심이 많았을 때, 관련된 콘텐츠를 많이 찾아봤다. 거기에 대부분 등장하는 키워드가 '특별'이었다. 나라는 사람은 이 세상에 단 하나밖에 없고, 하나밖에 없는 특별한 존재이기 때문에 스스로를 사랑해줘야 한다는 내용이 항상 빠지지 않았다. 자존감이 낮았던 당시에는, 그 문장이 머리로는 이해가 되는데 마음으로는 무언가가 걸린 것처럼 매끄럽게 받아들여지지 않았다. '나라는 존재가 단 하나밖에 없는 건 알겠는데, 그게 특별한 건가?', '아무리 봐도 특별한 것 같지는 않은데', '특별한 구석이 없는데 어떻게 특별하다고 생각하라는 거지' 같은 생각들이 꼬리에 꼬리를 물었다.

자존감이 올라가고 난 뒤 이런 질문을 남겨둔 일기장을 다시 읽어봤더니, 특별하다는 표현을 내가 오해하고 있었음을 깨달았다. '나는 특별하다'라고 표현할 때의 '특별'은 우월의 개념에서 해석하는 것이 아니었다. 보통 "너 되게 특별하다"라고 재능을 칭찬할 때, 그 문장 앞에는 '다른 애보다'라는 구절이 함축되어 있다. 거기에 익숙해져 있다 보니 자존감에서 특별함을 찾을 때도 무의식적으로 '나는 다른 애보다 특별한 게 없는데?'라고 끊임없이 되새겼던 것이다. 자존감에서의 특별함은 존재에 의미를 두는 것이었다. 길가에 핀 꽃들도, 정글에 사는 상위 포식자들도, 똑똑한 사람들도 명줄이 다하면 죽는다. 결과적으로 죽어야 하는 세상에서 살아 있는 것만으로도 기적이라는 것이다. 그러니 존재하는 것 자체만으로도 특별하다는 의미다.

자존감을 높이기 위해서는, 나의 장점만 바라보며 스스로를 높게 평가하는 것이 아니라 '내 성격 이런 거 나 다 알고 있어. 괜찮아. 이런 모습도 나인걸'이라고 의연하게 받아들여주는 자세가 필요했다. 나를 분석하며 장점과 단점을 나누고 단점을 외면하려고만 하니까 존재 자체가 특별하다는 문장을 받아들이지 못했던 것이다. 나를 소중하게 여긴다는 건 나의 장점만 보는 것이 아니라 단점 또한 똑바로 보고 그것이 나임을 인정하는 것이었다. 장점만 가지고 있는 완전체가 되고 싶어 하는 건 욕심이다. 이 세상에 완벽한 건 없으니까. 그러니까 머릿속에서 '완벽'이라는 단어를 없애버리는 게 낫다. 완벽한 것을 정의해두면 완벽에 집착하게 되니까, 완벽하지 않은 건 다 버리고 싶어진다.

인생을 너무 잘나게 살려고 하면 내가 너무 고달파진다. 그러니까 숨 한번 크게 내쉬면서 '인생 별거 있어?'라고 생각해버리자. 그러면 별것 아닌 인생에 찾아오는 조그마한 선물들에 감사할 수 있게 된다. 자존감은 거기에서부터 차곡차곡 쌓인다.

3장

인생에서 가장 소중한
지금 이 순간

오늘 저녁은 꼭 보랏빛 꿈 같지 않니?
살아 있다는 게 정말 기쁘다는 생각이 들어.
아침에는 늘 아침이 가장 아름다운 것 같은데
저녁이 되면 또 저녁이 더 아름다운 것 같단 말이야.

그렇게 주인공은
행복하게 살았답니다

　어렸을 때부터 내가 확고하게 가지고 있던 목표는 내 집을 갖는 것이었다. 한강이 보이고, 집값이 쑥쑥 오를 만큼 투자 가치가 있고, 으리으리한 평수의 집이 아니라 '친구를 초대할 수 있는 깨끗한 내 집'이면 되었다. 좋은 대학에 가고 싶어서 늦게까지 공부했던 이유도, 돈을 빨리 모으고 싶어서 여러 일을 한꺼번에 했던 이유도, 꾸미고 먹고 놀러 다니는 데 인색했던 이유도 모두 내 집을 갖겠다는 목표 때문이었다. 인생의 절반을 그 목표 하나만 바라보고 살았던 이유는, 자신의 집에 친구들을 초대하는 친구들이 부러워서였다.

　중학교 2학년 때까지 다세대 빌라의 반지하에 살았는데, 가

정통신문 같은 곳에 집주소를 적어 낼 때마다 B02호라고 쓰는 게 너무 창피했다. 옆에 앉은 친구들이 "B가 뭐야?", "B는 몇 층이야?"라고 물어봤기 때문이다. 친구를 처음 사귈 때도 그랬다. 어디 사느냐고 물어보면 다른 친구들은 아파트 단지에 살아서 "나 5단지 살아"라고 대답하면 그만인데, 나는 내가 어디에 사는지 설명할 수가 없었다. 그래서 항상 말이 길어졌고, 그 모습이 마치 변명을 주저리주저리 늘어놓는 것 같아서 스스로가 초라하게 느껴졌다. 고등학교에 입학할 때 이사를 한 번 갔지만, 사정은 나아지지 않았고 결국 나는 대학 생활을 마칠 때까지 친구를 초대해보지 못했다. 내 주변 친구들은 다 갖고 있는, 그런 경험 하나 없이 자란 게 서러워서 깨끗한 집을 마련하기 위해 악착같이 살았다.

그런 내 뒤통수를 때린 건, 두 번째 해외여행이었다. 첫 번째 해외여행은 오사카로 가서 한국과 별반 다르지 않아 감명하지 못했는데, 두 번째 해외여행은 코타키나발루로 가서 한국과는 완전히 다른 풍경에 충격을 받았다. 특히 내 가치관을 완전히 바꿔놓은 건 코타키나발루에서의 스노클링이었다. 스노클 마스크를 쓴 얼굴을 바닷물에 담갔는데, 그때 처음 본 광경은 가

숨이 벅차올라 숨이 막힐 정도로 아름다웠다.

TV에서 '에메랄드빛 바다'라고 표현할 때 나는 그게 과장된 표현인 줄 알았다. 다른 사람이 찍어놓은 사진을 봤을 때도 색감을 보정한 줄로만 알았다. 그런데 실제로 내 눈으로 바닷속을 들여다보자 '에메랄드빛' 말고 다른 표현은 생각나지 않을 만큼 푸르고 맑았다. 동화 속에서나 접했던 내용이 눈앞에서 펼쳐지니 감동적이기까지 했다. 스노클링을 끝내고 배 위로 올라와서 가장 먼저 했던 생각은 '내가 돈 모으는 것에 급급해서 이렇게 예쁜 걸 못 보고 살았구나'라는 후회였다. 성인이 되고 경제적으로 자유로워졌음에도 돈만 보고 사느라 마음이 가난함에서 벗어나지 못했던 것이다. 나름 잘 살고 있다고 생각했는데, 상처받은 청소년에서 성장이 멈춘 채 시간만 보내고 있었을 뿐이었다.

곧 사라질 것만 같은 행복을 쥐어보려고 오늘이 아닌 내일을 살았다. 오늘 하루를 버려가며 모질게 살면, 더 나은 미래에서 살고 있는 나를 마주할 수 있을 것 같았기 때문이다. 마치 평생을 살 수 있는 것처럼 마구잡이로 산 것이다. 사람의 목숨은 유한하고, 언제가 내 마지막인지도 정해져 있지 않다. 그리고 세상은 넓고 다양해서 내가 경험해보지 못한 게 훨씬 더 많다. 그렇게 생각하니, 당장 내일 죽을지도 모르는데 10년 뒤의 일을 고민하고 싶지 않아졌다. 내가 고민했던 그 나이의 내가 없을 수도 있으니까. 그래서 나는 오늘의 나를 위해서 오늘을 살기로 했다. 어느 날 급작스럽게 죽는다 하더라도 후회를 남기지 않도록, 가장 즐거운 오늘로 꾸미기로 했다. 마지막 페이지의 마지막 문장은 '그렇게 주인공은 행복하게 살았답니다'로 끝낼 수 있도록.

내일을 생각하면 기분 좋지 않나요?
내일은 아직 아무 실수도 저지르지 않은 새로운 날이잖아요.

아직 일어나지 않은
일에 대한 걱정

걱정이 많은 성격이었다. 걱정에도 여러 종류가 있겠지만 나는 특히 '아직 일어나지 않은 일에 대한 걱정'을 자주 하곤 했다. 내 인생은 불길한 예감은 틀린 적이 없을 정도로 곳곳이 지뢰밭이었기 때문이다. 그래서 수학을 좋아하지도 않으면서 걱정을 할 때는 늘 경우의 수를 따졌다. 이럴 땐 이렇게 해야지, 저럴 땐 저렇게 해야지. 누가 이렇게 말하면 이렇게 대응해야지, 누가 저렇게 말하면 저렇게 대응해야지. 걱정이 몰려오는 시기에는 A부터 Z까지 플랜을 짜느라 불면증을 앓기도 했다. 경우의 수가 늘어나면 늘어날수록 마음도 더욱 복잡해졌으니까.

내가 왜 이렇게 걱정이 많은지 의문이었다. 생각 속의 걱정이 현실로 이루어지는 건 100개 중에 한두 개 정도여서 타율이 높은 편도 아니었다. 그러다 우연히 걱정이 안타를 치더라도 내 인생을 뒤흔들 만큼 타격감 있는 일도 아니었다. 물론 마음이 아프고 속상하긴 했다. 그렇지만 왜 항상 아직 일어나지 않는 일까지 걱정하며 괴로운 새벽을 보내는지 그 이유가 궁금했다. 사서 고생을 하는 스스로가 미련해 보였기 때문이다.

내 나름의 방법으로 찾은 답은 '상황을 컨트롤하고 싶어 하는 욕심' 때문이었다. 예상하지 못한 상황에 놓이면 당황해서 벙찐 상태가 되고, 붕 뜬 채로 상황을 보내면 집에 와서 '아, 그때 그러지 말걸'이라고 후회하며 이불킥을 하던 순간이 너무 싫었던 것이다. 바보 같은 내 모습이 싫었고, 그런 내 모습을 남에게 보여주는 건 더더욱 싫었다. 그러다 보니 무의식 속에 어떤 상황이든 완벽하게 잘해내고 싶은 욕심이 생겼고, 그런 마음 때문에 걱정이 걱정을 낳는 습관이 생긴 것이었다.

원인을 알고 나니 지나치게 걱정을 하던 습관이 사라졌다. 걱정은 문제를 원만하게 받아들이는 데는 도움이 되어도, 문제 자체를 해결해주지 않는다는 사실을 알았기 때문이다. 그리고 나는 초능력을 가진 사람이 아니기 때문에 모든 상황을 컨트롤할 수 없다는 것도 받아들였다. 편의점에서 먹고 싶은 과자는 선택할 수 있어도, 나에게 찾아오는 상황은 선택할 수 없으니까. 상황이 오면 그대로 부딪혀야 하는 게 사람이니까. 어찌할 수 없음을 받아들이고 나니 한결 마음이 편해졌다. 그래서 걱정이 찾아와도 두세 번 정도 꼬리를 물다가 바로 끊어내는 용기를 낼 수 있었다.

그 용기는 '의연한 마음'에서부터 나왔다. 예전에는 '틀리지 말아야지', '실패하지 말아야지', '떨어지지 말아야지'라고 생각하며 긴장감을 팽팽하게 가졌다. 원하지 않은 결과로 인해 내 마음이 다치는 게 싫었으니까. 하지만 자세히 들여다보면 내 마음을 상처 내는 건 원하지 않는 결과가 아니라 그 결과가 찾아올 때마다 '난 이 정도밖에 안 되나 봐', '네가 그럼 그렇지'라고 스스로를 채찍질하는 한마디 한마디였다.

하지만 나는 부족한 사람이고, 언제나 완벽할 수 없음을 받아들이니까 안 좋은 결과가 찾아와도 마음은 다치지 않았다. '이번에는 잘 못했네. 다음에 잘하자. 똑같은 실수 하지 말자'와 같이 스스로를 다독이며 감싸줬기 때문이다. 내가 나를 인정하고 받아들이니까 그림자가 드리워도 무섭지 않았다. 걱정이 많은 나에게 가장 효과적이었던 약은 무한 긍정이나 무한 부정이 아니라 현실 그대로를 받아들이는 것이었다.

행복하지 못할 이유

지금 이 순간이 행복하지 않다고 느끼는 이유는 상황이 안 좋게 흘러가서가 아닙니다. 상황을 마주하는 내 마음가짐에 모가 났기 때문입니다. '돈이 없어서 행복하지 않아', '제대로 된 짝을 만나지 못해서 행복하지 않아', '적성에 맞는 일을 찾지 못해서 행복하지 않아'라며 그 원인을 상황 때문으로 돌리지만, 진짜 원인은 바깥에 있지 않고 내 안에 있습니다.

결혼 생활을 몇 년 하다가 서로 안 맞아서 이혼을 한다고 가정해봅시다. '나는 이혼이라는 딱지를 평생 안고 살게 될 거야. 주변 사람들은 나를 흉보며 문제 있는 사람이라고 생각하겠지?'라고 생각하면 이혼은 해결책이 되어주지 못합니다. 반면에 '그래, 100세 인생인데 새로운 사람을 만나서 새로운 결혼 생활을 경험해보는 것도 나쁘지 않지. 살다가 안 맞으면 헤어질 수도 있는 거잖아?'라고 생각한다면 이혼 후에 찾아올 후폭풍도 두렵지 않습니다.

내가 행복하지 않은 이유를 상황 때문이라고 탓하지 마세요. 그러면 평생 상황에 매몰되는 삶을 살게 됩니다. 중심을 지키는 사람이 되세요. 내 마음속에 기준을 세워 놓고 흔들리지 않는다면, 어떤 상황에 놓인다 하더라도 행복하지 못할 이유가 없습니다.

어떤 사람을 진심으로 기쁘게 하려고
뭔가를 한다는 것은 정말 멋진 일 같아요.

아무것도
바라지 않는 것의 행복

초등학생 때 인간관계에서 가장 민감했던 건, 기념일에 친구들에게 선물을 몇 개나 받는가였다. 밸런타인데이든 화이트데이든, 무슨무슨 데이 때 선물을 많이 받으면 인기가 많은 사람으로 친구들이 인정을 해줬기 때문이다. 날짜상으로 보면 밸런타인데이가 먼저이고 화이트데이가 다음이라서, 여자인 내가 초콜릿을 먼저 선물하는 입장이었다. 그때 당시 한 학급에 40명이 조금 안 되는 학생들이 있었는데, 친구들에게 선물을 하기 위해 초콜릿을 20개 넘게 샀다. 솔직히 그 20명 전부와 가깝게 지내는 것도 아니었고, 진심에서부터 우러나와서 초콜릿을 주고 싶은 사람은 대여섯 명 정도뿐이었다. 그런데 내가 초콜릿을 많이 산 이유는 '밸런타인데이 때 초콜릿을 많이 주면 화이트데이 때 나도 많이 받을 수 있겠지?' 하는 마음 때문이었다. 순수한 마음은 아니었다. 실제로 밸런타인데이 때 나에게 초콜릿을 받은 친구들이 화이트데이 때 사탕을 줬고, 덕분에 양손 한가득 사탕을 들고 기분 좋게 집에 와서 엄마에게 자랑을 하곤 했다. 중학교를 졸업하고 고등학생이 되었을 때는 무슨무슨 데이를 일일이 챙기지는 않았지만, 친구들의 생일을 챙겨줄 때만큼은 똑같은 마음이었다. '내 생일 때 이만큼의 선물을 챙겨주겠지?' 하는 기대가 포함되어 있었다.

그런 마음을 깨부순 건 좋아하는 사람이 생겼을 때였다. 그때 나는 돈도 없었고, 이렇다 할 재능도 없었고, 으리으리한 능력도 없었다. 대부분의 사람이 그런 것처럼 나 또한 좋아하는 사람에게 많은 것을 해주고 싶었는데 가진 게 없어서 해줄 수가 없었다. 내가 해주면 그 사람이 조금 더 편해질 것 같고, 내가 해주면 그 사람이 조금 더 행복해질 것 같은데, 해줄 수가 없어서 마음이 쓰라렸다. 그래서 좋아하던 마음을 포기했다. 그사람을 좋아함으로써 자존심, 자신감, 자존감이 다 떨어져 스스로가 피폐해지는 것이 느껴졌기 때문이다.

몇 년 뒤, 회사에 들어가 월급을 받기 시작하니 조금 경제적인 여유가 생겼다. 그때 새로운 사람을 좋아하게 되었는데, 좋아하니까 다시 무언가를 챙겨주기 시작했다. 과거에 쓰라린 일을 겪어서 그런지 그냥 주는 것 자체가 좋았다. 돌이켜보면, 예전에는 무언가를 주기 위해 시간이나 돈을 할애하는 것이 아깝다는 생각을 했다. 받기 위해 주는 행동이었기 때문일 것이다. 그런데 가진 게 없어서 줄 수 없을 때 마음이 얼마나 아픈지 겪고 나서, 타인에게 아주 작은 것이라도 줄 수 있음에 감사하게 되었다. 주는 건 그냥 주는 것이 된 것이다. 되돌려 받는 것은 생각도 하지 않았다. 신기하게도 무언가를 바라지 않는 관계들이 쌓이다 보니 마음이 통하는 사람을 만나는 일이 잦아졌다. 머릿속에서 계산기를 두드리지 않았기 때문에 나의 진심을 알아주는 사람이 늘어난 것이다.

인간관계를 맺다 보면 서운한 마음이 들 때가 있다. 서운함 중에서도 특히 '내가 선물해줬는데 너는 왜 안 해줘?', '나는 먼저 연락하는데 너는 왜 먼저 연락 안 해줘?', '내가 도와줬는데 너는 왜 안 도와줘?'와 같은 서운함이 있다. 이런 서운함은 줄 때 바라는 마음을 넣었기 때문이다. 받는 걸 생각하지 않고 줬다면 그에 대한 결핍을 느끼지 않았을 테니까.

줄 때는 바라는 마음을 넣지 말고 줘야 내 마음이 편하다. 주는 건 주는 것일 뿐이다. 내가 다른 사람에게 베풀 수 있다는 건 무엇과도 비교할 수 없을 만큼 기쁜 일이다. 그만큼 내가 가지고 있다는 의미니까. 그러니 주는 것만으로도 기뻐하자. 주는 것은 행복한 일이다.

마음이 통하는 사람을 만나는 건
제가 생각했던 것처럼 어려운 일이 아닌가 봐요.
세상에 그런 사람들이 많다는 걸 알게 돼서 정말 기뻐요.

각각 사는
방식이 다를 뿐

　회사를 다닐 때 속으로 미워했던 사람이 있었다. 일도 많이 안 하는 것 같은데 매번 힘들다고 생색을 내고, 회사 내에서 떠도는 기분 나쁜 소문의 근원지를 찾아보면 항상 그 사람이 시발점이었다. 잘생기거나 인기 있는 사람 앞에서는 온갖 가식을 떨었다. 별로 친하진 않았지만 그 사람이 회사 분위기를 흐리게 하는 것 같아서 아니꼬웠는데, 나에 대한 헛소문을 그 사람이 만들어냈다는 걸 안 순간 미운털이 제대로 박혀버렸다. 그 사람의 이름만 들어도 미간이 찌푸려졌다.

　분한 마음을 품고 회사를 다니던 때였는데, 그 사람이 동료 품에 안기다시피 해서 탕비실로 들어가는 모습이 보였다. 아마도 울고 있는 듯했다. 건너건너 들리는 이야기로는 회사 내의 인간관계, 상사와의 마찰, 잘 풀리지 않는 업무들 때문에 속상해한다는 것이었다. 그 이야기를 듣는 순간, 이상하게도 미운 마음이 싹 가시고 짠한 마음으로 채워졌다. 지금껏 내가 본 그 사람의 미운 모습들이 '이 사람도 나처럼 어떻게든 살아보려고 발버둥 치는 것이었구나'라고 이해되니까 분했던 마음이 사그라들었다. 다시 생각해보니 나는 그 사람을 미워할 자격이 없었다. 나 역시 살면서 별일 아닌 일에 생색을 낸 적도 있었고, 들리는 이야기만으로 온갖 추측을 한 적도 있었고, 잘 보이고 싶은 사람 앞에서 가식을 떨었던 적도 있었다. 그러나 내가 한 일이기 때문에 대수롭지 않게 넘겼고 뇌리에 남지 않았던 것이다.

세상에는 이런 사람도 있고, 저런 사람도 있다. 어쩌면 그래서 세상이 돌아가는 것일지도 모른다. 나 같은 사람만 있으면 다들 나 같은 생각만 해서 세상이 일률적일 텐데, 나 같지 않은 사람이 나 같지 않은 시선으로 보기에 세상이 굴러가는 것이다. 그렇게 생각하면 모든 사람이 나에게 직접적인 도움을 주고 있지 않더라도 크게 보면 우리는 서로에게 도움이 되는 존재들이다. 나도 소중하고 남도 소중한 것이다.

눈엣가시 같은 사람이 있다 해도 그 사람을 너무 미워하지 말자. 나와 생각하는 바가 다르기에 눈엣가시처럼 느껴지는 것이지, 그 사람 혼자 똑 떼어놓고 보면 그 사람은 자기 방식대로 살아가고 있는 것뿐이다. 틀린 게 아니라 다른 것이다. 애초에 좋은 사람, 나쁜 사람이라는 건 정해져 있지 않다. 나에게 나쁜 사람일 수 있어도 남에겐 좋은 사람일 수 있으니까. 내 답이 정답이라고 생각하는 마음이 무의식 속에 있기 때문에 그 사람이 나쁘게 보이는 것이다. '사는 방식이 다르구나'라고 그저 받아들여주자. 그러면 내 마음이 편해지고, 결국 나에게 이득이 되는 일이다. 우리는 다 같은 부족한 사람이라는 걸 받아들이면 한결 괜찮아진다.

채울 수 있어서 좋아

영화표를 살 때 시간을 넉넉하게 잡아 예매를 하고, 종이 인쇄를 맡길 때 여백을 넉넉하게 잡아 시안을 보내고, 여행을 갈 때 예산을 넉넉하게 잡아 계획을 짭니다. 넉넉하게 잡는 이유는, 살다 보면 예상치 못한 일이 생기기도 한다는 걸 알기 때문입니다. 내가 하나부터 열까지 잘했더라도, 상황이 안 좋게 되어버리는 경우도 있으니까요.

완벽하지 않다고 해서 자책하지 마세요. 내가 채워야 될 빈 공간이 있다는 게 오히려 좋은 것입니다. 침대는 어디에 놓을지, 옷장은 장롱으로 살지 행거로 살지, 책상은 어떤 디자인으로 고를지. 하나하나 고민하며 내 방을 꾸민다고 생각하면, 꾸밀 수 있는 빈 공간이 있음에 감사할 수 있습니다.

완벽하지 않은 게 기회가 될 수도 있으니, 스스로를 낭떠러지로 밀지 마세요.

새로운 나로 태어나기

비슷한 일만 하면서 비슷한 패턴의 하루를 오래 보내면, 내가 살아 있는 건지 죽어 있는 건지 모를 만큼 무기력해집니다. 어제와 오늘이 다르지 않고 일주일 전과 오늘이 다르지 않으니, 내일이 기대가 되지 않아 의욕이 떨어지는 거죠.

그럴 땐 '새로운 나'로 태어나세요. 새로운 곳으로 여행을 떠나거나 순간순간을 새롭게 이름 지어본다거나 평소와는 다른 길로 가본다거나 다른 분야의 취미를 가져보는 것이죠.

맨날 똑같은 일만 하면 '하나의 나'밖에 보지 못합니다. 점점 그곳에 갇혀 그 하나가 완전히 내 전부가 되어 버리는 것이죠. 한 번도 해보지 못한 상황을 경험하면서 이때까지 내가 몰랐던 나를 발견할 수 있는 기회를 가지세요.

새로운 상황에 놓이면 나도 몰랐던 내가 튀어나와서 스스로 깜짝 놀라는 순간도 생깁니다. 나를 하나씩 발견하고 정의하면서 살아가면, 또 다른 내 모습이 궁금해서 이것저것 도전해보게 됩니다. 그렇게 나를 찾아가며 삶의 무기력함을 떨쳐보세요.

앤은 자신에게 주어진 책임을 용기 있게 마주했으며,
마음을 내려놓고 순순히 받아들이면 의무도 친구가 될 수 있음을 깨달았다.

선택할 수 있는
행운

　첫 자취방을 구할 때였다. 대학교 2학년 때까지 통학을 했는데, 통학 시간이 왕복 네 시간이라 도저히 더는 못 할 것 같아서학교 근처에서 자취를 하기로 결정했다. 대학교 3, 4학년이 되면 수업도 많이 들어야 하고 과제할 시간도 필요한데, 통학으로 시간을 버리는 게 아깝고 힘들었기 때문이다. 부동산에 가서 이 정도의 예산이 있다고 말씀을 드리니 집을 보여주시겠다며 나를 데리고 이곳저곳을 돌아다녔다. 내가 가진 돈으로 투룸은 상상조차 하지 않았고, 안전하고 깨끗한 원룸 정도면 만족하겠다고 다짐하고 집을 보는데, 보는 집집마다 실망의 연속이었다. 어떤 곳은 화장실이 게스트하우스보다도 못했고, 어떤곳은 위험할 것 같은 반지하였고, 어떤 곳은 방이 곧 거실이자

부엌이었다. 원래 살던 집은 30년이 넘은 낡은 빌라여서 외풍도 심하고 벌레도 나오고 더러웠지만, 그래도 '집'이라는 구색은 갖추고 있었다. 그런데 내가 둘러본 곳들은 집이라기보다는 '방'의 개념이었다. 4평 정도 되는 방에 침대, 책상, 책장, 옷장, 화장대, TV를 어떻게 둘지 감도 안 잡혔다.

드라마에서 보던 자취 생활을 꿈꿨는데, 내 예산 안에서 그런 자취 생활은 정말 꿈일 뿐이었다. 부동산 투어를 마치고 집에 돌아오는 지하철에서 많은 생각이 들었다. '돈이 없으니까 고민조차 할 수 없구나', '고민이라도 좀 해봤으면 좋겠다', '고민을 할 수 있다는 것 자체도 행복이구나'와 같은 생각들이었다. 평소 나는 한 가지 일을 할 때도 대여섯 개의 선택지를 꺼내놓고 고민을 할 정도다. 그래서 때로는 고민이 많은 이런 성격이 싫을 때도 있다. 그냥 좀 하면 되는데 '그냥 좀' 하는 것을 어렵게 느끼는 내가 답답한 것이다. 그런데 그날, 그런 투정이 여유였다는 걸 깨달았다. 고민을 할 수 있다는 건 선택을 할 수 있다는 것이었고, 선택을 할 수 있다는 건 어느 정도의 자유가 있다는 것이었다. 자취방 예산을 더 늘릴 수 없는 나는 자유가 없었고, 자유가 없어서 선택을 할 수 없었고, 선택을 할 수 없어서 고민을 할 수 없었으니까.

　어떤 고민이 나에게 찾아오면 답답해하지 말고 오히려 다행이라고 여겨보자. 나에게 선택권이 없었을 수도 있는데, 선택권이 주어진 것이니까. 인생을 살다 보면 선택권조차 주어지지 않고 억지로 해야 하는 일도 많은데, 나에게 선택할 수 있는 행운이 주어진 것이다. 그건 정말 기쁘고 대단한 일이다. 그렇게 생각하면 고민 때문에 골머리를 앓느라 밤잠을 설치는 게 아니라 행복해서 밤잠을 설치게 될 것이다. 고민하는 내 모습을 즐기자. 선택에 따라 결과가 달라지고, 그 결과 때문에 내 인생이 바뀔 것만 같아서 고민하는 것 자체가 큰 부담으로 느껴지겠지만, '미래의 나'는 미래의 내가 책임져줄 것이다. '오늘의 나'는 오늘의 나로서만 살면 된다. 너무 먼 미래까지 보려고 하지 말자. 우리는 예언가가 아니니까.

삶은 여전히 여러 빛깔의 목소리로
끈질기게 앤을 부르고 있었다.

모든 인생은
성장하는 과정의 일부

어떤 결정을 할 때 주변 사람들에게 이유를 설명하는 게 너무 싫었다. 그들이 이미 답을 정해놓고 이유를 물어본다는 걸 알기 때문이다. 휴학을 하고 회사를 먼저 다녀보겠다고 하니까 "졸업하고 착착 준비해서 회사에 들어가면 되는데 왜 굳이 휴학을 하려고 그러니?"라는 질문이 돌아왔다. 특별한 이유는 없었다. 회사에서 일하면서 돈을 벌어보고 싶어서였다. 하지만 그렇게 건조한 이유를 대면 무언가 특별한 이유가 있어야만 할 것 같은 분위기를 풍기며 걱정의 잔소리를 했다. 또, 결혼을 해도 아이를 낳을 생각이 없다고 하니까 "부부 사이에 아이가 있는 거랑 없는 건 천지 차이야. 네 친구들은 다 아이가 있을 텐데 너 그때 소외감 느끼면 어떡하려고 그러니?"라는 질문이 돌아왔다. 이유는 딱 하나였다. 아이를 별로 좋아하지 않아서였다. 하지만 그렇게 단호한 이유를 대면 '막상 낳아보면 좋아질 거다', '남의 애는 싫어도 네 애는 좋을 거다'라는 말들로 내 이유를 쓰레기통으로 버렸다.

20대 중반에는 대학 졸업을 하고, 30대 초반에는 결혼을 하고, 결혼하고 2, 3년 뒤에는 애를 낳아야 하고. 그게 대한민국의 평균이라 그런 기준이 정해졌겠지만, 그 기준조차도 어떻게 보면 전부 고정관념이다. 20대 중반에 졸업을 안 한다고 해서 인생이 망하는 것도 아니고, 결혼을 안 한다고 해서 평생 외롭게 사는 것도 아니며, 아이를 안 낳은 부부라고 해서 쉽게 이혼하는 것도 아니다. 30세에 졸업해서 대기업에 들어간 사람도 있고, 미혼인 채로 이 사람 저 사람 만나며 연애만 즐겁게 하는 사람도 있고, 아이가 없으니 사는 게 빡빡하지 않아서 싸우는 일이 없다고 말하는 부부도 있다. 다들 각자의 방식으로 잘 살아가는데, 평균의 기준을 들이밀며 '이렇게 안 하면 안 돼'라고 말하는 건 어찌 보면 폭력이 아닐까 싶다. 보통의 삶을 살면 무난하게 살 것 같으니 보통으로 살기를 권유하는 것이겠지만, '보통으로 사는 게 무난한 것이다'라고 여기는 것 자체도 고정관

넘이다. 나는 나로서 사는 게 내 인생을 사는 것이니까.

　행복을 100% 보장하는 족집게 강사는 없다. 자신의 경험을 바탕으로 상대방에게 이러쿵저러쿵 조언해주고 싶겠지만, 잘 되라고 해준 말이 오히려 독이 될 수도 있다. 그리고 인생이란 좀 안될 수도 있고, 틀린 선택도 할 수도 있고 그런 것이다. 후회를 하더라도 후회 또한 배움이 될 것이다. 그런 과정을 통해서 성장해나가는 게 사람이니까. 남들과 조금 다르더라도 자기 인생을 살다 가도록 내버려두는 게 낫다. 다 똑같은 삶을 살아보라고 하는 것, 자신과 똑같은 삶을 살아보라고 하는 것. 그건 너무 잔인하니까.

그날 연못가에서 이미 너를 용서했어. 나는 정말 어리석은 고집쟁이였어.
사실…… 솔직히 고백하면…… 그때 이후로 줄곧 후회하고 있었어.

내 삶이 행복과
가까워지기 위해서는

프로젝트를 진행할 때, 팀이 와해되어 끝이 엉망이 된 경험이 있다. 몇 개월 동안 각자가 품고 있던 불만이 어느 순간 터지면서 균열이 일어난 것이다. 내가 마음에 들지 않았던 건 어느 팀원의 말투였다. 한 팀원이 감정 기복이 심한 기분파였는데, 자신의 기분이 안 좋을 때마다 주변 사람의 기분까지 망치는 능력이 있었다. 초반에는 그 사람이 날카롭게 말해도 기분이 안 좋아서 그랬으려니 했는데, 시간이 지나니 '지금 너만 기분 안 좋은 줄 알아?'라는 반발심이 생겼다. 그 반발심은 속으로만 간직했지만, 아마 내 표정과 말투에서 티가 났을 것이다.

그 사람에게 휘둘리는 게 싫어서 어떤 사적인 말도 섞지 않고 그저 정해진 일만 했다. 그렇게 하지 않으면 내가 못 살 것 같았기 때문이다. 핸드폰 진동이 울릴 때마다 심장이 두근거렸고, 살면서 처음으로 공황장애 증상을 겪어보았다. '프로젝트만 끝나면 안 볼 사이야'라는 마인드를 장착하고, 핸드폰에 디데이 어플을 설치한 뒤 흘러가는 날짜만 셌다. 프로젝트가 끝나고 나니 정말로 모든 게 끝이 되었다. 너무 행복했다. 이젠 그 사람과 마주치지 않아도 된다는 사실에 속이 시원했다.

그런데 희한하게도 몇 달이 지나고 나니 그 사람을 미워했던 스스로에게 아쉬움이 생겼다. 내가 상처받지 않으려고 기억 속에서 그 사람을 지우기 위해 노력했더니, 나의 소중한 1년이 날아갔다. 객관적으로 보자면 1년 내내 안 좋았던 건 아닌데, 그 사람을 미워하던 마음 때문에 좋았던 순간까지 함께 삭제된 것이다. 지금도 그해의 기억을 떠올려보라고 하면 그 사람이 내 마음을 상하게 했던 순간밖에 떠오르지 않는다. 누구도 보상해주지 못하는 1년이라는 시간을 내 손으로 버리게 된 꼴이다.

내 마음대로 되지 않을 때마다 미움으로 속을 풀려고 하면, 주변에 남는 게 없어진다. 소중한 사람에게 화풀이를 하다가 인간관계가 박살이 나고, 잘하고 있던 일을 때려치워서 상황만 더 악화시키고, 부정적인 생각만 하다가 내 자존감이 흔들린다. 잘 풀리지 않는 순간조차 훗날 추억이 될 수 있는데, 미움으로 모든 걸 해결하려고 하면 다시는 떠올리고 싶지 않은 상처로 남는다. 개선될 여지를 잘라버리는 셈이다. 내 마음대로 되지 않을 때 무언가를 미워하는 게 가장 쉽다. 욕하고, 화내고, 외면하면 그뿐이니까. 하지만 내 삶이 행복과 가까워지기 위해서는 미움 대신 사랑을 선택해야 한다. 여기서 사랑의 뜻은 '어떤 사물이나 대상을 소중히 여기거나 즐기는 마음'이다. 우리는 시간을 되돌릴 수도 없고, 시간을 건너뛸 수도 없다. 오롯이 그 시간을 인내하는 방법밖에 없다. 게임에는 '건너뛰기' 버튼이 있지만 인생에는 '건너뛰기' 버튼이 없기 때문이다.

엉망진창이 된 상황조차도 내 인생의 일부임을 받아들이고 소중하게 여기자. 내 것이 아니라고 부정할수록 원망만 커진다. 어차피 겪어야 하는 거라면 마음을 내려놓고 순간순간을 즐기는 게 최선이다. 이 또한 헤쳐나가야 하는 단계일 뿐이라고 생각하면, 마음을 쿡쿡 찌르는 고통 대신 헤쳐나갈 계획을 즐겁게 짜고 있는 내가 자리하고 있을 것이다.

오늘을 아끼는 마음

비록 오늘은 지치고 힘든 하루였지만 오늘의 고생이 내일의 행복을 만들어줄 거라고 믿어주세요. 그리고 오늘의 행복한 하루가 훗날 힘든 일이 찾아왔을 때 버팀목이 되어줄 거라고 믿어주세요. 나의 믿음이 쌓인 오늘과 오늘이 나를 단단하게 만들어줄 것입니다.

그 어떤 하루도 허투루 보낼 만큼 소중하지 않은 날은 없습니다. 지난날을 돌이켜보면 운명 같은 일도 있고, 우연 같은 일도 있고, 인연 같은 일도 있을 것입니다.

그 모든 것을 만들어주는 것이 '오늘'입니다. 좋으면 좋은 대로, 나쁘면 나쁜 대로 전부 나에게 의미가 되어주는 것이죠.

오늘을 소중히 다뤄주세요. 오늘을 아끼는 마음이 알게 모르게 내 세상에 전부 반영됩니다.

오늘 아침에는 절망의 구렁텅이에 빠진 기분이 아니에요.
아침에는 절대로 그런 기분이 들지 않아요.
아침이 있다는 건 정말 굉장한 일 아니에요?

오늘의
분량만큼만

사는 건 힘든 일이라고 생각했다. 하루 종일 아등바등 일해도 내 손에 떨어지는 건 최저시급이었으니까. 나이를 몇 살 더 먹고 회사에 들어갔을 땐 연봉으로 계산되어 생활이 훨씬 넉넉해졌지만, 사는 게 힘들다는 생각은 크게 바뀌지 않았다. 금전적으로만 숨통이 트였을 뿐, 야근과 주말 출근에 시달리느라 24시간은 더 바짝 조여졌다. 응급실에 실려가 수액을 맞으면서도 나는 업무를 놓지 못했다. 다들 열심히 살아야 한다고 입버릇처럼 말하고, 실제로 주변 사람들만 봐도 열심히 살고 있었으니까. 나도 그렇게 하지 않으면 뒤처지고 도태될 것만 같아서 불안감 해소라는 명목하에 '열심히' 대열에 합류했다.

그렇게 열심히 살다가 건강이 너무 나빠져서 회사 근처의 내과에 갔는데, 연륜이 묻어나는 의사 선생님께서 내 몸을 진찰해보시더니 나에게 물으셨다. "하루에 세끼는 챙겨 드세요?" 아침은 피곤해서 못 먹고, 점심은 든든하게 식사를 하고, 저녁은 대충 때우는 편이라고 답했다. "그럼 하루에 잠은 몇 시간이나 주무세요?" 평일에는 서너 시간 자고, 주말에는 평일에 못 잔 만큼 몰아서 잔다고 답했다. "그렇게 건강하지 않게 하루를 보내는 이유가 뭐예요? 일이 많아요?" 일이 많기도 하고, 열심히 사느라 어쩔 수 없이 그렇게 되었다고 말끝을 흐리며 답했다. 대답이 탐탁지 않았는지 의사 선생님께서는 컴퓨터에 무심히 처방전을 입력하시며 대화의 마무리를 지었다. "그렇게 건강을 망쳐가며 사는 건 열심히 사는 게 아니에요. 미련하게 사는 거지. 건강 잃으면 무슨 소용이야. 열심히 사는 건 매 순간 정성을 다하는 거예요. 핸드폰 하는 시간을 반만 줄여도 허투루 보내는 시간이 확 줄어들걸? 그게 열심히지. 후회 없이 사는 게 열심히지." 지금과 똑같이 살면 약을 먹어도 위염은 절대 낫지 않을 거라며, 열심히 사는 것의 기준을 바꿔보라고 의사 선생님은 조언해주셨다.

만성으로 달고 사는 위염이 지긋지긋해서 의사 선생님께서 말씀해주신 대로 열심히의 기준을 바꿔 살아보기로 했다. 핸드폰을 만지작거리고 싶은 유혹과 타협하지 않고, 누워서 빈둥거리고 싶은 귀차니즘에 함락되지 않고, 과거에 연연하거나 미래에 집착하지 않으려고 애썼다. 오늘 해야 할 일에만 오로지 집중하고 내일에 대한 걱정과 부담을 내려놓고 일찍 잠들었다. 그렇게 하루에 정성을 다하며 현재에 몰입하며 살았더니 신기하게도 몇 달을 달고 살았던 속쓰림, 위가 타는 느낌, 메슥거림이 완화되었다.

내가 열심히 사는 게 힘들었던 이유는, 열심히 살아야 한다는 문장에서 '열심히'를 잘못 해석했기 때문이었다. 여기서 '열심히'는 내 에너지를 다 소진하고 지칠 때까지 하라는 의미가 아니라 '매 순간 정성을 다하라'는 의미였다. 영혼이 탈탈 털릴 정도로 살아야 열심히 사는 것인 줄 알았는데, 내가 후회 없이 최선을 다하며 사는 것이 열심히 사는 거라고 정의하고 나니 사는 게 즐거운 일이 되었다. 괴롭게 공부하지 않았고, 괴롭게 일하지 않았고, 괴롭게 사람을 만나지 않았다. 괴로움으로 하루를 버티지 않으니 세상은 즐겁고 재미있는 것투성이였고, 모

든 과정이 추억이 되었다. 그리고 예전보다 육체적 건강과 정
신적 건강이 많이 좋아졌다.

　내가 열심히에 집착했던 이유는 '미래에 대한 불안감' 때문
이었다. 그런데 시간을 허투루 보내지 않으니 하루를 알차게
보냈다는 만족감이 들었고, 마음이 충족되니까 무언가를 더 하
고 자야 한다는 강박이 없어졌다. 꽤 오래 앓고 있던 불면증도
덕분에 사라졌다. '나는 왜 이렇게 미래에 대해 불안해하지?'라
는 막연한 의문을 가지고 있었는데, 하루를 알차게 보내지 않
아서 마음이 덜 찼기 때문이었다. 그 사실을 알고 난 뒤부터 나
는 하루치의 마음을 다 채우는 데에만 집중했다. 어제도 아니
고 내일도 아닌, 오늘의 분량만큼만 채우고 마음이 쉴 수 있도
록 복잡한 생각들도 함께 내려놓았다. 그랬더니 정말로 다 괜
찮아졌다. 육체적 건강도, 정신적 건강도, 내 하루의 품질도, 내
감정의 품질도.

꼭 끼는 잠옷 치마는 질색이지만, 그런 잠옷을 입어도
목에 프릴이 달리고 바닥을 끄는 예쁜 잠옷을 입었을 때랑
똑같은 꿈을 꿀 수 있으니까 괜찮아요.

상황의
주인

　여섯 살 정도 되어 보이는 아이와 네 살 정도 되어 보이는 아이가 장난감을 가지고 놀고 있었다. 따로 한참을 잘 놀다가, 동생이 언니에게 다가가 지금 가지고 놀고 있는 장난감을 달라고 손짓했다. 언니는 별 망설임 없이 "내가 양보할게!"라고 말하며 기분 좋게 동생에게 장난감을 건넸다. 그러다가 몇 분 후, 언니가 새로운 장난감을 가지고 놀고 있는데 동생이 다가가 장난감을 달라고 다시 신호를 보냈다. 하지만 아까와는 달리 언니는 동생에게 장난감을 주기 싫어하는 눈치였다. 몸을 반대로 돌려서 장난감을 줄 마음이 없다는 뜻을 표했다. 그랬더니 동생이 언니의 팔뚝을 세게 잡아당기며 장난감을 힘으로 낚아챘다. 그러자 언니는 울음을 터뜨리며 "엄마, 쟤가 내 장난감 빼앗았어"라고 소리를 질렀다.

언니가 동생에게 장난감을 줬다는 결과는 똑같은데, 왜 전자의 상황에서는 양보한 게 되고 후자의 상황에서는 빼앗은 게 되었을까. 그건 바로 언니의 마음이 달랐기 때문이다. 처음에 동생이 장난감을 달라고 했을 때 언니는 장난감을 줘도 되겠다는 마음이 생겼고 스스로 장난감을 주기로 결정했다. 반면에 동생이 두 번째로 장난감을 달라고 했을 땐 언니는 장난감을 주기 싫어했고 동생이 힘으로 빼앗아 가버렸다. 자의였냐 타의였냐의 차이로 언니의 기분이 좋았다가 팍 상해버린 것이다. 언니는 한껏 토라진 티를 내며 밖으로 나가버렸는데, 그 모습을 보니 왠지 내 모습이 겹쳐 보였다.

같은 반 친구가 공부를 열심히 해서 성적이 오르면 좋은 마음으로 축하해주면 되는데, 나는 내 자리를 빼앗겼다는 생각에 사로잡혀 기분을 망쳤다. 내가 짝사랑하던 남자가 다른 여자와 사귄다는 소식을 들었을 때 좋은 마음으로 행복을 빌어주면 되는데, 내가 받지 못했던 사랑을 그 여자는 받았다는 질투가 생겨서 추억을 망쳤다. 어차피 결과는 이미 정해졌고 그 결과를 내가 어찌할 수 없는 거라면 정신 승리라도 해야 하는데, 나는 내 감정에 휩싸여 모든 부분에서 지고 말았다.

　어떤 상황이 오든 내가 좋은 마음을 먼저 내면 하루를 망치지 않을 수 있다는 공식을 알게 되자, 그 후부터는 상황을 기꺼이 받아들이려고 했다. 그래서 남이 나에게 지적을 해도 '요즘은 돈을 줘가면서 첨삭을 받는 시대인데 공짜로 첨삭받았네!'라고 기분 좋게 받아들였다. 누군가가 나를 싫어하는 티를 내면 '대놓고 싫어해주면 나도 적당히 거리를 둘 수 있으니 고맙지'라고 생각하며 관계를 내려놓았다. 예전 같았으면 불만스러운 표정을 지었을 일도 그러려니 하고 넘어갈 수 있는 유연함이 생긴 것이다. 상황의 주인이 되니 받아들여지지 않던 것도 받아들여지고, 내려놓아지지 않던 것도 내려놓아졌다. 삶은 상처의 연속이라 생각했는데, 그 상처는 타인이 준 것이 아니라 내가 나를 긁어놨던 것이었다. 나만 괜찮으면 다 괜찮았을 일인데, 내가 안 괜찮게 봐서 모든 게 복잡하고 어려웠던 것이었다.

괜찮아, _____

    다리 떠는 것, 손톱 물어뜯는 것, 볼펜을 딱딱거리는 것만이 습관이 아닙니다. 어떤 상황에 놓였을 때 어떤 생각을 하는지도 습관입니다. 안될 거라고 계속 생각하면 일을 시작할 때 '안될 거야'라는 생각이 먼저 찾아오고, 시작도 하기 전에 의욕을 잃습니다. 어차피 해봤자 안될 것 같으니까요. 그리고 어찌저찌 일이 잘되어도 '뭐야, 왜 잘되는 거야? 나중에 안 좋은 일이 찾아오는 거 아니야?'라며 나중에 찾아올 불행을 의심하죠. 좋은 시기가 찾아와도 좋은 시기를 온전히 누리지 못합니다.

    행복도 습관으로 만들어가는 것입니다. 행복이 뚝딱 만들어지는 게 아니라 순간순간 생각의 전환으로 내 마음을 평화롭게 만드는 것입니다. 수능 영어 문제에는 '빈칸 채우기' 형식이 있습니다. 지문을 준 다음, 빈칸을 뚫어놓고 빈칸에 들어갈 문장으로 적절한 것을 고르는 문제죠. 빈칸의 앞뒤 문장과 어울리는 문장을 찾아야 정답입니다.

생각의 전환도 빈칸 채우기로 연습해보세요. 안 좋은 상황이 닥쳤을 때는 우선 '괜찮아'라고 먼저 머릿속에 적어보세요. 그다음 '괜찮아' 다음에 올 문장을 떠올려보세요. 그러면 '괜찮아'와 어울리는 문장을 스스로 찾을 테고, 그 문장이 내 마음을 안정시켜줄 것입니다.

앤은 그 자리에 앉아 무언가를, 어쩌면 누군가를 기다리고 있었고,
할 수 있는 일이 앉아서 기다리는 것밖에 없었기 때문에
혼신의 힘을 다해 앉아서 기다리는 중이었다.

내 차례가
올 거야

　우리 집은 8차선 도로 바로 옆에 있다. 그래서 자동차들이 우르르 지나갈 때면 사악사악 하는 백색소음이 들린다. 마음의 안정이 필요할 때 그 소리가 탁월하게 도움이 되어서, 잡생각이 많이 들 때는 베란다에 의자를 들고 가서 한참을 앉아 있곤 한다.

　집 바로 앞에는 사거리가 있는데, 신호가 꽤 긴 편이다. 그래서 쌩쌩 달려오던 자동차들도 사거리에 가까워질 때면 다들 속력을 줄인다. 무리해서 밟았다간 사고가 날 게 뻔하기 때문이다. 그 많던 자동차들이 빨간불이 되면 일제히 멈췄다가 초록불이 되면 다시 움직이는 모습에, 저번 달을 살아냈던 내 모습이 투영되었다. 마감일이 다가오는데 글이 잘 안 써져서 사흘 밤낮을 머리를 싸매고 글을 쥐어짰다. 그러다가 좋아하는 친구들과 저녁 식사를 함께하고 돌아왔는데, 기분이 좋아서인지 갑자기 글이 술술 써졌다. 신경 쓰이는 일 때문에 예민해져 있던 며칠 동안은 음식 냄새만 맡아도 헛구역질이 올라왔었다. 그런데 일주일 동안 위염을 앓다가 겨우 나으니 평소 좋아하지 않던 채소에서도 기분 좋은 단맛이 느껴졌다. 그렇게 잘 멈췄다가 나아가다가, 액셀을 밟았다가 브레이크를 밟았다가를 반복하며 한 달을, 일 년을 살아냈던 것 같다.

그런 큼지막한 과정들이 내 인생의 반복이라고 생각하니, 숙면을 방해하는 생각들의 무게가 조금은 가벼워졌다. 무언가가 잘못되어서 내가 멈춘 것이 아니라 그저 신호가 빨간불로 바뀌어서 멈춰 있는 거라고, 영영 머물러 있을 것처럼 적막하지만 초록불로 바뀌면 언제 그랬냐는 듯이 활기를 찾을 거라고 느껴졌기 때문이다. 내 가슴이 답답했던 이유는 '괜찮아지기는 할까?', '안 괜찮아지면 어떡하지?'와 같은 막연한 질문들 때문이었는데, 기다리면 내 차례가 돌아올 거라고 받아들이니까 안도의 한숨이 나왔다.

어느 남자 배우가 자신의 딸을 드라마 촬영 현장으로 데려가 체험 시켜주는 장면을 TV 프로그램에서 본 적이 있다. 새벽 여섯 시부터 이른 오후까지 촬영장에 있었는데, 그 배우가 열 몇 시간 동안 내내 촬영한 것은 아니었다. 한 장면을 찍고 나면 두 시간을 기다리고, 한 장면을 찍고 나면 세 시간을 기다리고의 반복이었다. 딸도 아빠가 촬영에 들어갈 때는 집중해서 재미있게 보다가, 촬영이 끝나고 오랜 대기에 들어가면 지루한 표정을 감추지 못했다. 긴긴 시간을 마무리 짓고 집으로 돌아가기 전에 배우가 딸에게 자신의 직업에 대해 이야기를 해줬다. "아빠는 기다리는 직업이야. 종일 기다리다가 하나 찍고 그러는 거지."

그 이야기를 들으니 나의 1년도 그것과 마찬가지라는 생각이 들었다. 내내 지루하게 흘러가다가 한 번 조명 받고, 또 무심하게 흘러가다가 한 번 수렁에 빠지고. 좋은 일이든 나쁜 일이든 다 한때인 데다가, 그 한때가 지나가면 다시 또 묵묵히 기다리는 게 우리네 삶이라는 것. 그렇게 다 한때를 살아간다고 생각하니까 어두운 곳으로 깊게 파고 들어가던 내 고민도 땅굴 파기를 멈추었고, 편안히 잠을 청할 수 있었다.

"침실은 잠자는 곳이야."
"아, 또 꿈을 꾸는 곳이고요.
방에 예쁜 물건이 많으면 훨씬 좋은 꿈을 꿀 수 있어요."

현관문이 열리면
나만의 휴식 공간

집 밖을 잘 안 나가는 편이라 뭐든 택배로 자주 시킨다. 그런데 나는 택배가 오면 택배 상자를 집 안으로 들이지 않는다. 상자를 복도에서 뜯은 다음 바로 내용물만 갖고 들어온다. 그렇게 번거로운 과정을 거치는 이유는 벌레 때문이다. 택배 상자는 벌레들의 훌륭한 안식처다. 대부분의 택배는 물류 창고를 거쳐서 오는데, 어둡고 습한 환경에 오래 노출되어 있다 보니 그곳에 벌레들이 많이 꼬이고 박스 틈 사이로 알까지 낳는다고 한다. 미디어를 통해서 이 사실을 알게 되었는데, 검색창에 '택배 박스 벌레'라고 검색해보니 실제로 겪은 사람이 꽤 되었다. 벌레를 혐오하는 나는 그 사실에 큰 충격을 받고 그 후로는 택배 상자를 재깍재깍 버리는 습관을 들였다. 벌레를 집 안에 들여서 내 집에 살게 내버려둘 수는 없으니까.

한동안 불면증을 심하게 앓았다. 잠순이가 잠을 못 자는 것이 너무 괴로워 불면의 이유를 고민했는데, 그러다 깨닫게 된 것 중 하나가 밖에서 생긴 불편한 일들을 집 안에서까지 곱씹어서라는 것이었다. 내가 실수한 것, 내가 놓친 것, 내가 망쳐버린 것들에 대한 생각은 업무 시간이 끝남과 동시에 탁 끊어버려야 하는데, 나는 휴식하는 공간까지 그런 생각들을 끌어들인 것이었다. 또, 누가 나에게 무심코 던진 불쾌한 말들은 쓰레기처럼 휴지통에 버려야 하는데, 나는 침대까지 끌고 들어와 '아, 그때 이렇게 말했어야 했는데. 왜 그렇게 어버버거렸지?'라고 곱씹으며 이불킥을 날렸다. 밖에서 받은 불편한 감정을 안으로 가지고 들어오니까 집까지 불편한 공간으로 인식되어 푹 쉬지 못했던 것이다.

공간을 분리하지 않았던 습관이 불면의 원인임을 깨닫고 난 뒤, 나는 집 밖과 집 안을 분리하는 연습을 했다. 밖에서 현관문을 열고 들어갈 때만큼은 다른 세상으로 들어간다고 스스로에게 최면을 걸어, 바깥과의 연결 고리를 끊으려고 애썼다. 그렇게 한 달을 노력하니 신기하게도 잘 자는 나로 돌아왔다.

안 좋은 일을 겪으면 축 처진 기분이 하루의 연장선에 놓이곤 한다. 그게 좋다, 나쁘다로 판단할 수는 없겠지만 내 우울의 주범이 될 가능성이 조금이라도 있으면 선을 잘라내는 습관을 들여야 한다. 밖에서의 일은 밖에서의 일이라 생각하고, 집으로 들어올 때는 '드디어 집이다! 쉴 수 있다! 끝났다!'라고 기분을 전환시키는 것이다. 비록 내일 또 겪을 일이라 하더라도 그건 내일 일이니까 오늘의 나는 이제 편하게 쉴 권리가 있다. 벌레가 있을지도 모르는 택배 상자를 집 안으로 들여 벌레가 증식하도록 내버려두면 나중에는 돈을 들여서 벌레를 잡아주는 방역 회사를 불러야 할지도 모른다. 그러니 밖에서 내려놓고 와야 할 것은 내려놓고 오자. 일은 일이고, 인간관계는 인간관계고, 쉬는 건 쉬는 것이다. 각각 칸막이를 잘 쳐놓아야지 그 사이사이를 넘나들게 내버려두면 내 머리만 복잡해진다.

상상할 때 가장 나쁜 점은
언젠가는 깨어나야 하고
그때마다 마음이 아프다는 거예요.

가장 좋은 건
내 안에 있어

　지금은 코인 노래방이 많아져서 혼자 노래방에 가는 게 어렵지 않지만, 내가 학생 때는 만 원 이상의 돈을 내고 여러 명이 함께 큰 방에 들어가는 노래방만 있어서 노래방으로 들어가는 문턱이 꽤 높았다. 혼자 가기에는 가격이 너무 비싼 데다가, 여럿이서 노래를 부르는 공간이라는 인식이 박혀 있어서 혼자 들어가기가 난감했었다. 그 대체재로 오락실 안에 있는 조그마한 노래방인 '오래방'이 있었는데, 시끄러운 오락실 소리에 묻혀 노래가 잘 안 들리다 보니 거기도 잘 안 가게 되었다. 노래방에 가고 싶으면 친구들을 몇 명 불러서 노래방에 가면 되는데, 그때의 나는 그걸 잘 못 했다. 친구들과 같이 가면 왠지 노래를 잘 불러야 할 것 같다는 부담감 때문에 그 시간을 마음 편히 즐기지 못했던 것이다. 특히 발라드를 부를 때면 삑사리가 날까 봐 조마조마해져서, 어쩔 수 없이 친구들과 노래방에 가는 경우에는 떼창하면서 부르기 좋은 노래들만 골라서 예약했다.

그때를 떠올려보면 참 바보 같았다는 생각이 든다. 내가 가수도 아니고, 친구들이 심사위원도 아니고, 노래 부르는 게 좋아서 노래방에 갔으면 재미있게만 부르면 되지, 노래를 잘 불러야 한다는 압박에 시달려 돈을 쓰고도 제대로 즐기지 못했으니 말이다. 내가 그때 남 앞에서 노래 부르는 걸 부담스러워한 이유는 '현실의 나'와 '이상의 나'가 달랐기 때문이었다. 좋은 노래를 잘 소화하는 가수들이 내심 부러웠고, 나도 그들처럼 노래를 감미롭게 부르고 싶어서 인터넷을 검색해가며 노래 연습을 했다. 하지만 주먹구구식으로 배운 터라 노래 실력은 그다지 늘지 않았다. '현실의 나'는 노래를 잘 못 부르니까 그런 나와 마주하고 싶지 않아서 그 후로는 노래방도 잘 안 가게 되었다. 노래가 좋아서 노래를 잘하고 싶어 했는데, 노래를 잘해야만 한다는 생각에 갇혀 노래를 아예 놓아버린 것이다.

'이상적으로 생각하는 나'와 '현실에 존재하는 나'가 다르면,

보통은 이상에 가까워지려고 현실의 나를 이상에 끼워 넣으려 한다. 하지만 아무리 끼워 넣으려고 해도 나는 거기에 들어가지지 않는다. 이상은 말 그대로 이상이기 때문이다. 마음만 아플 뿐이다. 나는 '그런 사람'이 아닌데 나를 '그런 사람'이라 여기며 욱여넣으려고 하니 자꾸만 뭐가 걸리는 것이다.

　이상과 똑같은 삶을 사는 방법은 딱 하나뿐이다. 내 모양이 이렇게 생겼다는 것을 왜곡 없이 그대로 받아들이는 것이다. 내가 꿈꾸는 반듯하고 매끈한 동그라미는 못 되지만, 생긴 대로 주어진 대로 살아보자고 마음먹는 것. 현실을 이상에 맞추는 것이 아니라 이상을 현실에 맞추는 것. 이상을 나에게 맞춰서 제작하면 현실과 이상이 딱 맞아떨어지니 수월하게 들어갈 수 있게 된다. 그러면 눈부신 이상을 바라보지 않아도 되니 눈이 훨씬 더 편해진다. 살아감에 있어서 원동력을 얻기 위해 이상을 그리는 건 좋지만, 너무 찬란하고 빛나서 눈부시기까지 한 이상을 세워두면 내 눈이 감당하지 못해서 시력을 잃고 만다. 그러면 좋은 걸 봐도 좋은 줄 모르고 그냥 지나쳐버린다. 그러니 좋은 것을 볼 수 있을 때 내 안의 작은 것들까지도 모두 끄집어내서 눈에 담아두자. 가장 좋은 건 내 안에 있다.

4장

일단 결심했다면
후회는 없어

"뭐, 이런 일로 그렇게까지 울 건 없단다."
"아니요. 있어요!"

시간이 약이
되려면

어렸을 때 경제적으로 넉넉하지 못했던 상황에서 자랐던 나는 항상 돈에 대한 갈증이 있었다. 부모님은 생필품을 살 때도 돈, 돈, 하셨다. 버스비조차 주지 않아서 강제로 뚜벅이로 자랐다. 어렸을 땐 비교 대상이 없어서 다들 그렇게 사는 줄 알았는데, 고등학교에 들어간 후 우리 집이 유난인 걸 알았다. 나는 호기심도 많고 욕심도 많은 성격이라 이것저것 하고 싶은 게 많은 아이였는데, 돈 때문에 무언가를 해보기도 전에 안 된다는 소리부터 들었다. 나쁜 것을 하겠다는 것도 아니고, 이것저것 배워서 나에게 잘 맞는지 궁금증을 해소해보고 싶다는 거였는데 매번 거절당하니까 욕심부리는 내가 나쁜 아이처럼 느껴졌다. 그래서 돈에 관한 모든 건 나에게 상처였다.

스무 살이 된 후부터 아르바이트를 하며 돈을 벌었는데, 돈을 벌기 시작하면 이 공포가 사라질 거라 기대했다. 여유가 없어서 생긴 두려움이니까 어느 정도 숨통이 트이면 괜찮아질 것 같았다. 하지만 내 예상과는 달랐다. 돈을 벌어도, 통장에 여윳돈이 있어도 항상 불안했다. 돈들이 언젠가 사라져버려서 어렸을 적에 느꼈던 갈증을 다시 느끼게 될 것 같은 공포가 항상 있었다. 또래 친구들이 술 마시고, 화장품 사고, 옷 사고, 해외여행 갈 때 그런 것 하나 없이 돈을 모았는데도, 통장에 쌓인 잔고는 나를 행복하게 해주지 못했다.

'시간이 약'이라는 말을 잘못 해석해서 생긴 결과였다. 내가 어떤 일 때문에 괴로워할 때마다 어른들은 "시간이 약이야", "시간이 해결해줄 거야"라고 말씀하셨다. 그래서 나는 '내버려두면 다 괜찮아지는구나'라고 생각했다. 실제로 내버려두니까 괜찮아지는 일도 있었으니까. 하지만 깊게 사무친 상처는 달랐다. 연고를 바르지 않아도 깨끗하게 아무는 상처가 있지만, 레이저로 지져도 지워지지 않는 상처도 있다. 아무도 나에게 그 사실을 알려주는 사람이 없었기에, 나는 어엿한 회사원이 되고 나서도 돈에 대한 상처를 미련하게 품고 살았다.

시간이 정말로 약이 되려면, 약을 먹어야 한다. 나는 20년 넘게 약 봉투를 눈앞에 두고도 관찰하고 있었을 뿐이었다. 약 효과를 보려면 약 봉투를 찢고 입안에 털어 넣어야 하는데, 나는 그저 '이게 약이네' 하며 보고만 있었을 뿐이었다. '다시 가난해지면 어떡하지?'라는 생각에 휩싸여 불안해하고, 엄마가 농담으로 돈이 없다고 말했을 뿐인데 이제 돈 얘기 좀 그만하라며 툭 짜증을 냈다. 돈에 관해서는 전혀 유쾌하게 받아들이지 못했다.

'시간이 약'이라는 말은 그 약이 들도록 노력하는 사람에게만 해당되는 것이다. 계속 떠올리고, 계속 불안해하고, 계속 날카롭게 반응하면 약효가 나타나지 않는다. 상처를 대하는 태도가 바뀌지 않으면 죽을 때까지 상처를 안고 가야 한다. 태연해지려고 노력하고, 무덤덤해지려고 노력하고, 잊으려고 노력해야 비로소 괜찮아진다. 아무리 명약을 가지고 있다 하더라도, 그걸 먹지 않으면 소용이 없다.

매슈와 마릴라는 나무와 친구가 될 것도 아니고,
그래도 사람을 보고 살아야지.
뭐, 두 사람은 만족하는 것 같긴 해도 그건 익숙해져서 그런 거지.
사람은 어디에든 익숙해지기 마련이니까.

익숙함에서
벗어나기

창의력을 키우는 수업을 들을 때, 첫날에 주어진 과제는 자신의 창의력을 증진하기 위해 6개월 동안 진행할 활동을 선정해오는 것이었다. 여러 활동 중에서 내가 선택한 것은 '왼손 사용하기'였다. 나는 뼛속부터 오른손잡이인데, 평소에 사용하지 않던 왼손을 사용하면 불편함을 느끼니까 거기서부터 새로운 생각이 시작될 수 있다는 내용을 보고 결정한 것이었다. 왼손으로 양치질하기, 왼손으로 수저 사용하기, 왼손으로 글자 쓰기가 6개월간의 내 목표였다.

어려움이 있으리라는 건 예상했다. 안 쓰던 근육을 써야 하고, 오른손을 쓸 때와 반대로 움직여야 하니 몸이 고장이 날 게 뻔했다. 익숙한 것에서 벗어나서 사는 일은 내가 생각했던 것보다 훨씬 답답했다. 가장 황당했던 건 왼손으로 양치질을 할 때였다. 양치질은 특별한 기술이 필요한 것도 아니고 그냥 상하좌우로 슥슥 문지르며 닦기만 하면 되는데, 왼손으로 이를 닦으니 팔이 간질간질한 느낌이 들었다. 팔 근육이 어색함을 느낀 것이다. 닦고 싶은 부분에 잘 조준되지 않아서 헛손질도 몇 번 하고, 더 신경 써서 하느라 양치질을 끝내는 데 시간이 꽤 걸렸다. 왼손으로 젓가락질하는 건 더더욱 어려워서 포크를 사용했고, 왼손으로 쓴 글에는 지렁이가 기어갔다.

평소에 늘 하던 일인데, 손을 바꿨다는 이유 하나만으로 모든 게 마음대로 되지 않았다. 하지만 그건 내가 못나고 부족한 사람이라서가 아니라 평소에 해보지 않아서 어색해하는 것이었다. 지금은 서툴고 시간이 걸리고 하나하나 다 신경이 쓰이는 일이지만, 왼손을 사용하는 것에 익숙해지면 지금의 문제는 다 사라질 게 분명했다. 평소에 오른손을 사용할 때 아무 거리낌이 없었던 것처럼 말이다.

새로운 일을 배울 때, 다니던 회사를 그만두고 새로운 회사로 옮겼을 때, 다른 나라에 가서 살 때 등 나에게 처음인 것들은 설렘과 동시에 고통을 준다. 그 고통은 내가 현재에 적합하지 않은 사람이라서 느끼는 게 아니라 낯설기 때문에 불편해서 오는 것이다. 그러니 스스로를 못하는 사람, 부족한 사람, 못난 사람, 뒤떨어지는 사람 등으로 낙인찍지 말자. 익숙해지면 곧 괜찮아질 테니까. '왜 안되지?', '왜 나만 못하지?'와 같은 생각은 마음을 조급하게 만든다. 몸과 마음이 적응할 때까지 흘러가게 내버려두면 어느새 여유가 생긴다. 양치질하는 것조차도 손을 바꿔서 하면 어렵다고 느끼는데, 그보다 더한 일들에 어려움을 느끼는 건 자연스러운 일이다. 그러니 내가 이 일과 맞는지 안 맞는지 섣부르게 결정하지 말고, 일단은 오늘 해야 할 일을 처리하는 것에만 신경 쓰자. 너무 깊은 생각은 나를 괴롭게 할 뿐이다.

앤 같은 아이와 한집에서 산다면
나도 더 행복하고 더 괜찮은 사람이 될 텐데.

온기를
나눠주는 것

원래 살던 집의 계약이 끝나서 이사를 가게 되었다. 새로 계약한 곳은 복도식 아파트인데, 한 층에 다섯 집이 살았다. 우리 집은 1호 라인의 끝이라 현관문에 도착하기까지 다른 집 네 곳을 거쳐 가야 했다. 사는 동안 오고 가며 최소 한 번 이상은 마주칠 텐데, 우연히 마주치면 왠지 뻘쭘할 것만 같았다. 그런 어색함을 피하고 싶어서 이사 왔다고 먼저 인사를 드리며 작은 선물을 드려야겠다는 생각이 들었다. 친구들에게 이웃에게 드릴 선물로 뭐가 좋을 것 같으냐고 물으니까 요즘에는 그런 거 안 한다며 그런 데 돈 쓰지 말라고 다들 말렸다. 이사하느라 돈을 많이 써서 돈이 안 아까웠던 건 아니었지만 그래도 먼저 인사를 하면 마음이 더 편할 것 같아서 고민 끝에 음료수가 담긴 박스를 샀다.

외향적인 성격도 아닌 데다가 '요즘 세상에 문 두드리는 거 싫어하실 텐데'라는 걱정에 심장이 두근거렸다. 음료수 한 박스 건네는 것보다 더 어려운 일도 해냈는데, 이게 대체 뭐라고 떨리는 건지 모를 일이었다. 퇴근 시간이 되었을 때쯤 한 집, 한 집 초인종을 누르는데 내가 생각했던 것보다 이웃들은 밝은 표정으로 나를 맞이해줬다. "아유, 요즘 이런 선물 받기 어려운 세상인데", "먼저 인사해줘서 고마워요", "음료수 잘 마실게요"와 같은 답인사를 주셨다. 한 아주머니는 우리 집으로 다시 찾아와 직접 만든 수세미까지 주셨다.

빌라에서 살다 아파트로 이사를 온 거라 잡다한 걱정이 많았다. 이웃끼리 얼굴을 붉히고 사람을 죽여서 뉴스에까지 나오는 세상이니까, 적어도 우리 층 이웃 주민들은 따뜻한 사람들이기를 바랐다. 그래서 인사를 드릴 때 냉담한 이웃이 아니기를 바라면서 문을 두드렸는데, 이사 와서 인사드리러 왔다고 하니 문을 열 때 굳어 있던 표정이 금방 따뜻하게 바뀌었다. 내가 먼저 다가가서 온기를 전하니, 나를 경계하던 사람들이 문을 활짝 열고 나를 받아주었다. 열린 문만큼이나 마음도 함께 열린 것이다. 옆집 사는 사람의 얼굴도 모를 정도로 세상이 각박해졌다고는 하지만, 내 주변에 사는 사람들이 좋은 사람이기를 바라는 마음은 다들 똑같을 것이다. 따뜻하게 해주면 따뜻해질 준비는 되어 있는데, 각자 사느라 바빠서 따뜻하게 해주는 사람이 없으니 다들 각박해진 것이다. 그러니 내가 먼저 좋은 사람이 되어 다가간다면, 이 세상은 차가울지 몰라도 내 주변의 세상만큼은 나로 인해 따뜻해질 것이다.

　　한자리에 오래 앉아 있으면, 그 자리가 뜨끈뜨끈해진다. 내 몸이 갖고 있던 온기가 전해져서 바닥이 데워진 것이다. 처음에는 엉덩이가 시릴 정도로 차가운 곳이었는데, 나의 온기 덕분에 시리지 않은 공간으로 변한 것이다. 이처럼 내 주위가 따뜻하기를 바란다면, 알아서 저절로 바뀌기를 기다리는 것이 아니라 내 손으로 온기를 먼저 나눠주자. 그게 가장 쉽고 빠르게 따뜻해지는 방법이다. 온기를 나눠주는 데는 많은 돈이 필요한 것도 아니고, 많은 시간이 필요한 것도 아니다. '굳이 그렇게까지 해야 돼?'라는 말 한마디를 이겨내고 내 소신껏 움직이는 용기만 있으면 된다.

마지막에 웃고 있는 사람

북아프리카와 중동 지방에서 널리 자라는 '싯딤나무'는 건조한 사막 지역에서도 강한 생명력을 보여줍니다. 강수량이 연간 50밀리미터인 사막에서도 이 나무가 생존할 수 있는 이유는 자신이 마실 물을 찾을 때까지 끝없이 뿌리를 내렸기 때문입니다. 그래서 싯딤나무의 뿌리는 보통 지하 50~60미터까지 내려가며, 뿌리가 2킬로미터까지 뻗어 있는 경우도 있다고 합니다.

어떤 일을 할 때 주변 상황이 잘 따라주면 좋겠지만, 현실은 그렇지 않은 경우가 더 많습니다. 그러니 주변 상황에 내 운명을 걸려고 하지 말고, 어떻게든 내 길을 찾기 위해 최선을 다하는 연습을 해보세요. 싯딤나무 씨앗이 사막에 뿌려졌을 때 '여기는 물이 없는 곳이니 나는 곧 죽을 거야'라고 낙담했다면 나무는 생존하지 못했을 것입니다. 물을 찾을 때까지 뿌리를 내렸기 때문에 살 수 있었던 것이죠.

사람이 하고자 마음먹는다면 못 해낼 일이 없습니다. 주위에서 나를 아무리 흔들어도, 스스로를 믿고 한 걸음 내디딘다면 마지막에 웃고 있는 사람은 결국 나일 것입니다. 용기를 내세요. 지금 가장 필요한 건 두려움과 맞서 싸워줄 한 줄기의 빛입니다.

한 줄기 빛만 있다면 어둠은 더 이상 어둠이 아닙니다.

열세 살이 되어서 좋은 게 이런 점인 것 같아.
열두 살 때보다 아는 게 훨씬 더 많잖아.

나에게
가장 좋은 선택

운전면허를 따기 위해 도로 주행 연습을 하던 때였다. 버스가 자주 다니던 도로에서 연습을 했는데, 조수석에 앉아 있는 선생님이 되도록 버스 뒤나 옆으로는 붙어 가지 말라고 하셨다. 버스는 몸집이 크기 때문에 위압감이 들어서 긴장하게 되고, 버스 뒤에 있으면 신호가 잘 보이지 않아서 위험하기 때문이라고 했다.

실기 시험 당일, 자동차를 타고 도로로 나갔다. 처음에는 잔뜩 긴장했지만 코스 중간 지점을 지나니까 긴장도 자연스레 풀렸다. 그렇게 마지막을 향해 가고 있었는데, 버스가 갑자기 내 앞으로 끼어들었다. 그 순간, 선생님께서 해주셨던 조언들이 스쳐 지나가면서 몸이 굳어버렸다. 절대 일어나서는 안 될 일이 나에게 일어나버린 것만 같아서 너무 당황스러웠다. 머리가 하얘지면서 멍해졌고, 정차해 있던 버스가 앞으로 나가기에 아무 생각 없이 나도 버스를 따라서 액셀을 밟았다. 그런데 그때, 옆에 앉아 있던 선생님이 핸들을 잡더니 탈락이라고 말했다. 이유는 신호 위반이었다. 자동차가 별로 없는 구간이라서 버스는 빨간불이었음에도 직진을 한 것이었고, 나는 시야가 확보되지 않아서 빨간불인 걸 못 본 것이었다. 완주를 코앞에 두고 시험에서 떨어져버렸다. 한껏 기가 죽어 다음 시험을 예약했고, 집으로 돌아와 버스 때문에 시간이랑 돈을 버렸다고 짜증을 냈다.

몇 주 뒤, 실기 시험을 보러 갔을 땐 무슨 일이 있어도 버스 뒤에는 서지 말아야겠다고 다짐했다. 선생님께서 이야기해주실 땐 '나한테 그런 일이 일어나겠어?' 하며 가볍게 흘려들었는데, 내가 경험하고 나니까 무조건 지켜야 하는 규칙이 되어버렸다. 재시험 때도 도로에는 버스가 많이 있었지만, 첫 시험 때와는 달리 버스와 마주칠 만한 가능성조차 용납하지 않았다. 속도 조절을 하며 간격을 멀찍이 유지했고, 3차선이나 4차선에 머무르는 시간을 최대한 줄였다. 덕분에 나는 실기 시험에

무사히 합격했고, 한 달 뒤에 운전면허증을 받을 수 있었다.

　도로 위에서 마주치는 버스, 큰 화물차 같은 존재들이 내 인생 앞으로 끼어들 때가 있다. 그 존재들은 내 시야를 가리거나 나를 위협하기도 한다. 그럴 때 빳빳하게 버티며 계속 뒤를 따라가면 나만 손해를 본다. 계속 긴장해야 하고, 운이 안 좋으면 직접적인 피해를 볼 수도 있다.

　그러니 아닌 것 같다 싶을 땐 굳이 맞서지 말고 피하는 것도 하나의 방법이다. 피해 갈 때를 알고 피해 가는 것도 지혜로운 결정이니, 그런 존재들로부터 피해 가는 것을 자존심 상하는 일이라 생각하지 말자. 결과적으로 내 인생에 도움이 되는 선택을 하는 게 중요하니까.

나는 해와 달이 사라지지 않는 한
마음의 친구인 다이애나 배리에게 충실할 것을 엄숙히 맹세합니다!

내 삶이 끝날 때까지
함께 가는 친구

마음속에 고민이 있을 때, 여러 명의 사람과 대화를 나눠도 결국 해결이 안 될 때가 있었다. 그 이유에는 두 가지가 있었다. 첫 번째는, 들어주는 사람이 나에 대해 얼마나 알고 있는지 모르기 때문이었다. 아무리 좋은 조언이라도 나를 모르면 적합한 해결책이 아닐 거라는 생각에 답답함을 해소하지 못했다. 두 번째는, 비밀이 새어나갈까 봐 두려워서 고민을 포장하며 말하느라 100% 솔직하게 털어놓지 못해서였다. 상대에게 정보를 100% 넘겨준 것이 아니기 때문에 해결책 또한 100%가 아닐 테고, 대화 속에 남은 찝찝함을 지우지 못해서 고민을 끝내지 못했다.

다양한 사람의 조언을 듣고 가장 지혜로운 선택을 하고 싶은데, 어떤 말을 들어도 원점으로 돌아오니 인생이 막막하게 느껴졌다. 어쨌든 나는 결정을 해야 하고, 결정에 따른 책임도 내가 져야 하니까. 또, 결정을 안 한다고 해서 책임을 안 지는 것도 아니었다. 결정하지 않은 것에 대해 책임을 질 때도 있었다. 이런 경험이 쌓이다 보니, 그 누구에게도 내 고민을 솔직하게 털어놓지 못하는 사람이 되었다. '사람들한테 말해봤자 다 소용없구나'라는 결론이 나서 입을 닫아버렸다. 그렇게 혼자서 끙끙 앓다가 마음의 병을 얻었던 적이 있었다.

그런 나에게 가장 필요했던 건, 모순적이게도 '친구'였다. 그런데 여기서 친구는 '타인'이 아니라 '나 자신'이다. 내가 나의 가장 친한 친구가 되어줄 필요가 있었던 것이다. 나는 나를 가장 잘 알고, 나 혼자 있을 땐 나를 포장할 필요도 없고, 내가 어떤 생각을 갖고 있든 비밀이 새어나가지 않는다. 그래서 '나'라는 친구에게 털어놓을 땐 그 어떤 의심도, 불안도, 걱정도 가지지 않아도 된다. 남이 나에게 절친이 되어주지 못하면 내가 나에게 절친이 되어주면 되는데, 친구는 꼭 타인이어야 한다는 생각에 갇혀서 오랫동안 힘든 시간을 보냈다.

힘들어하는 친구에게 어떤 말을 해줄까 고민할 때처럼, 내가 나에게 해줄 말을 진지하게 고민한다면 애타게 찾고 있는 해결책이 선명하게 나온다. 다른 사람이 나에게 고민을 털어놓을 때 달라지는 눈빛까지 알아차릴 만큼 집중해서 들어주면서, 내 안에서 고민이 생겼을 땐 마음이 힘드니까 거리를 멀리 두려고 한다. 그러니 아무도 해결해주지 못하는 큰 고민으로 둔갑해서 '내 인생은 답이 없어'로 귀결되게 만든다. 하지만 이럴 때 내가 나 자신의 절친이 되어서 나를 1순위에 둔다면, 완벽한 해결책은 찾지 못하더라도 만족할 만한 해결책은 찾을 수 있다.

날선 말들과 불안한 마음이 내 의지를 꺾지 않도록 나와 친구가 되는 연습을 하는 게 중요하다. '나'라는 친구는 무슨 일이 있어도 내 삶이 끝날 때까지 함께 가주는 친구이기 때문에, 그 사실만으로도 든든한 버팀목이 되어줄 것이다.

땅에 묻히는 것

씨앗이 흙에 묻히면 세상이 깜깜해집니다. 답답해서 숨도 못 쉴 것 같죠. 하지만 우리가 씨앗을 땅에 심을 때 씨앗을 죽이려고 묻는 걸까요? 아닙니다. 싹을 피우고 열매를 맺으라고 기회를 준 것이죠. 비닐 포장지에 담겨 상품으로만 있으면 절대로 바뀌지 않았을 씨앗이, 비로소 땅에 묻혔을 때 성장할 수 있는 환경을 갖추게 된 것입니다.

지금 내 앞이 너무 깜깜하고 답답하게 느껴질 때, 내 인생은 망했다며 좌절하는 게 아니라 '드디어 내가 땅에 묻혔구나'라고 기뻐한다면 시련이 시련으로 느껴지지 않을 것입니다. 내가 자라날 수 있는 환경 속으로 들어간 것이니까요.

그러니 이 어둠을 너무 나쁘게만 생각하지 마세요. 내 앞길을 막으려고 덮인 흙이 아니라 내가 자랄 수 있도록 양분을 나눠줄 고마운 흙입니다.

나는 최선을 다했고, '경쟁하는 기쁨'이 뭔지 이제 막 이해하기 시작했거든.
노력해서 이기는 것 못지않게, 노력했지만 실패하는 것도 중요한 일이야.

쓸데없는
노력은 없다

20대 초반이었을 때, 나는 포기를 잘하는 사람이었다. 일단, 열심히 준비했던 열아홉 살의 첫 수능을 거하게 말아먹고 재수를 했던 터라 자신감이 많이 떨어져 있었다. 그리고 겨우 들어간 대학교에서는 타고난 감각이 있는 동기들에게 밀려서 전공 수업에서 대부분 낮은 점수를 받았다. 학교 안에서 내가 할 수 있는 게 없다고 느끼자 바깥으로 나가야겠다는 생각이 들었고, 여러 대외 활동에 참석하며 스펙을 쌓으려 했지만 그조차도 쉽지 않았다. 뭔가 현실의 쓴맛을 맛본 기분이었다. 노력을 해도 다 안 되니까 어렵게 도전하고 쉽게 포기했다.

그런 나의 모습이 바뀌기 시작한 건, 회사에 들어간 후부터였다. 1년 동안 독학으로 재수를 했던 터라 알아서 공부하는 습관이 들었는데, 그 습관이 이어져서 누가 시키지 않아도 알아서 일을 하는 주도적인 사원이 되었다. 팀장님은 그런 나를 믿고 나에게 다양한 기회를 주었다. 그리고 전공 수업 때 배운 그래픽 디자인은 성적으로써는 나를 좌절하게 만드는 존재였지만, 프로그램을 다루지 못하는 다른 동료들에 비해서는 내가 더 유리한 자리에 있도록 도와줬다. 디자이너 직무가 아니었기에 기본만 해도 칭찬을 받을 수 있어서 어떤 일을 해도 기분이 좋아졌다. 또, 대외 활동에서 유의미한 결과를 많이 내지는 못했지만 그때 만난 사람들이 게임 친구가 되어서 함께 스트레스를 푸는 건강한 관계로 발전했다.

동전을 넣고 버튼을 누르면 음료수가 바로 나오는 자판기처럼, 나도 어떠한 노력을 했을 때 그에 상응하는 결과가 바로 나오기를 바랐다. 하지만 현실은 그렇지 않았고, 나의 열심을 몰라주는 현실을 보며 노력 같은 건 다 쓸데없는 거라며 비관했다. 그런데 시간이 지나고 나서 보니, 이 세상에 쓸데없는 노력은 없다는 걸 알게 되었다. 지금 당장은 눈에 보이는 결과로 나오지 않더라도, 나중에 다른 일을 할 때 다 도움이 되는 것들이었다. 그것이 때로는 아주 작은 역할에 머물기도 하고, 노력했던 분야와 다른 곳에서 빛나기도 해서 노력의 가치를 알아보기 힘들었던 것뿐이었다.

한 번에 이루어지는 일도 있지만, 한 번에 이루어지지 않는 일도 있다. 노력에 비해 되돌아오는 것이 적으면 의욕이 떨어지기도 한다. 하지만 한 가지 확실한 건, 지금이 다가 아니라는 것이다. 오늘 내가 했던 노력이 오늘 빛을 발할 수도 있지만, 10년 정도 묵었다가 빛을 발할 수도 있다. 그러니 노력에 대한 당장의 결과를 바로 평가하는 건 섣부른 판단이 될 수 있다. 한 번에 잘되면 정말 감사한 일이고, 한 번에 잘 안되면 '나중에 되려나 보다'라고 생각하면 마음이 편하다. 결과를 너무 재고 따지면 발등만 보고 걷는 모양새가 되어, 나에게 찾아오는 행운을 못 보고 지나친다. 눈앞의 일에 연연하지 말고, 내일을 보는 지혜를 가지기 위해 멀리 보는 게 결과적으로는 나를 발전시키는 원동력이 된다.

하나를 이루면 또 다른 꿈이 더 높은 데서
반짝반짝 빛나고 있으니까 인생이 이처럼 재미있잖아.

일단
해내는 것

어떤 일을 하기로 마음을 먹으면 바로바로 해야 하는데, 나는 계속 뭉그적거리며 책상에 앉는 것을 미뤘다. 그러다가 마감 시간을 앞두고 벼락치기로 처리해버리거나 흐지부지 미루다가 계획이 무산되기도 했다. 처음에는 내가 게을러서 그러는 줄 알았다. 침대에 누워 있는 것을 좋아하니까 안락함을 포기하기 싫어서 할 일을 미루는 줄 알았다. 그렇게 여느 날과 다름없이 핸드폰을 하는데, 재미로 하는 '완벽주의자 테스트'가 눈에 보였다. 다른 친구들도 하기에 가벼운 마음으로 주어진 항목들을 체크하고 있는데, 내가 완벽주의자 성향을 가지고 있는 사람이라는 예상 외의 결과를 받았다.

내가 자주 일을 미루는 것도 그 성향 때문이었다. 무엇을 하든 완벽하게 해내야 한다는 생각이 무의식 속에 있어서 시작도 하기 전에 부담을 가지는 것이었다. 테스트를 하기 전까지는 어떤 일을 시작하기 전에 몰려오는 뻐근한 마음이 책임감 때문인 줄 알았는데, 부담감이 바탕에 깔려 있는 의무감 때문이었다. 즐거운 마음으로 임해야 하는데 너무 큰 의무감으로 시작하다 보니 심리적으로 압박이 되고, 그런 조여오는 느낌이 싫어서 자꾸 회피하려고 했던 것이다. 해야 되는 일은 해야 되니까 어쩔 수 없이 시작은 하는데, 시간은 촉박하고 중간 점검한 결과물은 성에 안 차고. 이딴 수준으로 마무리할 바에야 차라리 도망치고 싶다는 마음이 드는 것이다.

시간을 많이 들여서 생각해낸 것들인데 정작 행동으로 옮기지 않는 스스로가 한심하게 느껴졌다. 차라리 생각이라도 하지 말지, 시간은 시간대로 쓰고 막상 해놓은 것은 아무것도 없고. 그러면서 성공에 대한 욕심은 내려놓지 못하는 스스로가 비겁해 보였다. 이렇게 비겁한 채로 살아갈 수는 없어서 나 자신과 두 가지 약속을 했다. 하나는 '생각을 하면 무조건 행동으로 옮길 것'이었고, 또 하나는 '무엇을 하든 가볍게 할 것'이었다.

그 약속 또한 가볍게 시작한 일이었는데, 약속은 나를 움직이는 사람으로 만들어줬다. 생각을 하면 일단 해야 하니까 몸이 힘들어서 꼭 필요한 생각만 하게 되었다. 덕분에 나의 새벽을 괴롭히던 불면증이 나았다. 그리고 행동으로 옮긴 일을 가볍게 받아들이니까 전에는 느끼지 못했던 즐거움이 생겼다. 빨리하고 싶어지고, 계속하고 싶어졌다.

완벽하게 해내는 것도 중요하지만 '일단 해내는 것'이 더 중요하다. 하다가 말고 하다가 말면, 에너지는 에너지대로 사용하는데 그만큼 돌아오는 성취감이 없으니 허탈감이 쉽게 든다. 그리고 매 순간 도망치는 스스로가 한심하게 느껴지니까, 그게 싫어서 새로운 도전을 아예 안 하게 된다. 책임감은 가지되 의무감은 내려놓는 연습이 필요하다. 내가 살아서 하는 모든 일은 즐거우려고 하는 일이다. 일을 통해 무언가를 배워서 성장하고, 돈을 벌어서 원하는 것을 사는 일련의 과정이 결국은 나의 즐거움을 추구하는 것이다. 완벽하게 해내는 것에 초점을 맞추지 않고 '내가 무언가를 할 수 있음'에 감사한다면, 어떤 일도 편한 마음으로 받아들일 수 있을 것이다.

내 마음을 펼치는 일

상대방에게 좋은 사람으로 보이기 위해 나 자신에게 상처 주는 나쁜 사람이 되지 마세요. 어떤 인간관계든 내가 나에게 좋은 사람이 되어주는 것이 먼저입니다. 안에서 새는 바가지 밖에서도 샌다는 말이 괜히 있는 것이 아닙니다. 나를 가장 잘 아는 나에게도 좋은 사람이 되어주지 못하는데, 남에게 좋은 사람으로 보이는 건 가능할까요? 잠깐 좋은 사람인 척할 수는 있어도 그걸 오래 유지하기는 어렵습니다.

내가 내 마음을 지켜주지 않으면, 마음을 갉아먹는 이들에게 먹잇감이 됩니다. 감정 쓰레기통이 되기도 하고, 내키지 않는 부탁도 들어줘야 하고, 떠도는 헛소문의 주인공이 되기도 합니다. 그들에게 시간을 허비하지 말고 소신껏 살아가세요. 나의 소신이 누군가의 눈에 나쁘게 비칠 수 있지만, 다른 누군가의 마음에는 위로가 될 수도 있습니다.

어떤 사람에게는 좋았다가, 또 어떤 사람에게는 나빴다가 하는 과정이 내 사람을 찾는 순간들입니다. 그런 과정을 거치며 '나는 이런 사람과 잘 맞는구나', '나는 저런 사람과는 잘 안 맞는구나'를 깨닫는 것이죠. 그러니 내 마음을 펼치는 일에 너무 겁먹지 마세요. 내 마음을 참아가며 맺은 인간관계는 기대하는 것만큼 오래가지 못합니다.

린드 아주머니 말씀처럼 내가 기하학 시험을 망치든 말든
태양은 여전히 떠오르고 또 질 테지.
맞는 말이지만 별로 위로는 되지 않아.
내가 시험을 망치면 태양도 멈춰버렸으면 좋겠어

끝까지
하는 사람

    집 계약이 만료되기 두 달 전부터 부동산을 다니며 새로 이사 갈 집을 찾았다. 지난번에 이사할 때 집주인의 변심으로 급하게 집을 알아보느라 부동산과 씨름했던 기억이 강렬하게 남아서 미리 준비한 것이었다. 한여름에 땀을 뻘뻘 흘리며 거의 스무 곳 가까이 되는 집을 돌아다니면서 두 달에 걸쳐 집을 알아봤는데 마음에 드는 집은 나타나지 않았다. 가격이 괜찮으면 집 내부 컨디션이 안 좋고, 집 내부 컨디션이 좋으면 가격이 안 괜찮았다.

    점점 걱정이 되기 시작했다. 이사라는 게 나가는 사람과 들어오는 사람이 지혜롭게 조율해서 일정을 맞추는 거라지만, 무작정 기다려달라고 할 수는 없는 노릇이었다. 마지막에 등 떠밀려 원하지 않는 집으로 이사하게 될까 봐 두려워지기 시작했다. 부동산 투어를 시작한 지 세 달째, 부동산에서 매물이 하나 나왔다고 연락이 왔다. 이때까지 알아보던 동네의 매물이 아니라서 달갑지는 않았지만 그런 걸 가릴 처지가 아니었기에 부리나케 달려갔다. 그런데 새로 보러 간 집은 현관문을 여는 순간 '이 집은 내 집이다!' 하는 촉이 왔다. 여태껏 집을 보러 갔을 때는 마음이 뜨뜻미지근했는데, 이 집에는 확 끌리는 무언가가 있었다.

집을 다 둘러보고 다시 부동산으로 돌아와 서류를 확인하고, 어른들과 상의한 뒤 바로 계약금을 걸었다. 단 몇 시간 만에 얻어낸 쾌거였다. 마음에 드는 집으로 이사 갈 수 있다는 안도감이 몰려오면서 속이 후련해졌다. 매일매일 한 시간마다 부동산 어플을 드나들며 후기를 읽고, 부동산으로 왔다 갔다 하는 일을 더 이상 하지 않아도 되니 기뻤다. 가만히 있어도 땀이 흐르는 한여름에 시작한 부동산 투어는, 긴팔과 반바지가 어울리는 초가을에 끝낼 수 있었다.

집을 알아보면서 속으로 걱정했다. 다른 사람들은 보통 열 곳 정도 보면 대충 마음에 드는 집이 나와서 어렵지 않게 선택한다던데, 나는 앞자리가 바뀌어도 괜찮다는 느낌을 주는 집을 만나지 못했다. 이 정도 선에서 만족하고 계약할까 수없이 고민했지만, 앞으로 2년을 살 집인데 그렇게 쉽게 결정할 수는 없었다. 그래서 동네를 넓혀가며 마지막의 마지막까지 알아봤더니, 그날 바로 계약할 만큼 괜찮은 집을 만났다. 끈기로 버틴 결과물이었다.

큰 목표를 이루기 위해 가져야 될 태도는 '끝까지 하는 것'이다. 아무리 좋은 조건에 타고난 능력을 가지고 있다 하더라도, 결승선을 넘지 않으면 기록을 재지 못한다. 그러니 돈이 없어서, 머리가 좋지 않아서, 잘생기지 않아서 '나는 못해'라는 상대적 박탈감에 타격을 입어 주저앉지 말아야 한다. 기록에 남는 사람은 돈 많은 사람도 아니고, 머리 좋은 사람도 아니고, 잘생긴 사람도 아닌 '끝까지 하는 사람'이기 때문이다. 사람들이 부러워할 만한 다른 조건들은 끝까지 하기 위해 힘을 보태주는 역할을 할 뿐이지, 결국 끝까지 하게 만드는 건 스스로의 의지다.

새로운 걱정거리는 늘 생기더라고요. 골치 아프게 말이에요.
한 가지를 해결하면 다른 일이 바로 터져요.
제대로 고민하고 올바로 결정하느라 쉴 틈이 없다니까요.
어른이 된다는 건 보통 일이 아닌 것 같아요.

모든 것에는
앞면과 뒷면이 있어

공무원을 할까 회사에 들어갈까 고민했던 시기가 있었다. 나보다 더 좋은 대학을 갔던 친구도 공무원을 준비하고, 나보다 더 좋은 스펙을 갖고 있던 친구도 공무원을 준비하니까 뭣도 아닌 나도 당연히 고민을 해야 할 것만 같았다. 그런데 몇 날 며칠을 고민해도 결정을 하지 못했다. 둘 다 장단점이 명확했으니까. '내일 일어나서 공무원 시험 인터넷 강의를 들어보자'라고 결정하고 잠이 들어도, 다음 날이 되면 '수능 준비도 힘들었는데 공무원 준비는 더 힘들겠지?'라는 생각이 들었다. 그래서 '시험이 싫으면 회사에 들어갈 스펙을 쌓아보자'라고 결정하고 잠들었는데, 자고 일어나니까 '시험 준비하는 것보다 스펙 쌓는 게 더 힘들겠다'라는 생각이 들었다. '자신이 있었다 없었다', '이게 좋았다 저게 좋았다'가 반복되니 선택 또한 번복되었다. 고민하는 시간만 늘어날 뿐이었다.

한 달을 고민해도 해결이 안 되어서 종이를 꺼내 공무원의 장단점, 회사원의 장단점을 각각 써내려갔다. 그런데 머릿속으로만 고민할 때는 막연하게만 느껴졌는데, 글로 적어서 나열해보니 그게 그것이고, 도긴개긴이고, 도토리 키 재기처럼 느껴졌다. 둘 다 좋은 건 좋은 것이고, 별로인 건 별로인 것이니까 비교가 무의미해 보였다. 그때 약간의 허탈감이 들면서 내 고민의 근원지를 찾아낼 수 있었다. 좋은 것만 하고 싶고 힘든 건 안 하고 싶으니까 계산적이게 되었고, 내 욕심이 고민을 부풀린 것이었다. 어떤 일이든 돈 버는 일이면 안 힘들 수가 없는데, 어떻게든 환상을 가져보고 싶어서 고민을 만들어낸 것이었다.

두 가지 중 하나를 선택할 때 고민이 드는 건, 둘 중 무엇을 선택해도 괜찮아서 갈등이 되는 것이다. 마음이 50 대 50인 상태인 것이다. 한쪽이 아예 별로였으면 고민조차 되지 않았을 테니까. 어차피 A를 선택해도 B에 대한 아쉬움이 남고, B를 선택해도 A에 대한 아쉬움이 남는다. 둘 다 좋은 선택지이고, 좋은 선택 하나를 버리는 셈이니 당연히 아쉬움이 드는 것이다. 또, 내가 버린 카드가 더 좋은 카드일 수도 있을 거라는 미련 때문에 버린 카드에 더 연연하게 될 것이다. 하지만 그 연연함조차도 시간 낭비다. 둘 중 하나를 선택했을 때 겉으로 보이는 결과는 조금 다를지 몰라도, 속에 있는 내 마음은 후련함 반 미련 반으로 똑같을 테니까. 그러니 고민하느라 밤새우지 말고 사다리 타기를 해서라도 얼른 결정해버리자.

손이 베일 만큼 얇은 종이도 앞면과 뒷면이 있는 것처럼, 모든 것은 다 양면성을 가지고 있다. 다 좋은 것도 없고 다 나쁜 것도 없다. 이번에 내가 선택한 것이 나를 힘들게 만든다 하더라도, 그것 또한 좋은 의미로 경험이 될 것이다. 훗날 더 안 좋은 선택을 안 하기 위한 예습인 셈이다. 결과가 좋으면 내 커리어가 성장할 테고, 결과가 별로면 내 마음이 성장한다. 결과에 좋고 나쁨은 있을 수 있어도 선택에 좋고 나쁨은 없으니, 스스로를 그만 괴롭히고 이제 선택하자. 고민을 끝내고 선택해야 하는 순간이다.

내 마음이 흐려집니다

그릇에 흙탕물이 담겨 있습니다. 그릇 안의 물을 깨 끗한 물로 바꿀 수 있는 방법은 두 가지가 있습니다. 하 나는, 그릇을 엎어서 흙탕물을 버리고 깨끗한 물을 뜨는 것입니다. 모든 것을 다 비우고 아예 처음의 상태로 만 들어서 새로 시작하는 것이죠. 그리고 또 하나는, 흙탕 물에 깨끗한 물을 계속 붓는 것입니다. 흙탕물이 흘러넘 쳐서 완전히 없어질 때까지요. 그러면 그릇 안에 깨끗한 물만 남아 있게 될 것입니다.

생각을 깨끗하게 만드는 것도 똑같습니다. 하지만 그 릇을 엎어서 물을 버리는 것처럼 안 좋은 기억을 바로 버리기는 어렵습니다. 계속 생각이 나니까요. 그러니 후자의 방법을 시도해보세요. 좋은 기억, 좋은 경험, 좋은 관계를 많이 쌓아서 안 좋은 기억이 머릿속에 자리하지 못하도록 밀어내는 것이죠. 안 좋은 기억이 비집고 들어올 기회를 주지 마세요. 잊고 싶은 기억을 계속 되새기는 건, 다른 누군가가 시켜서 하는 일이 아니라 나 스스로 하는 일입니다. 내 머릿속의 생각은 내가 선택하는 것이니까요.

안 좋은 생각인 줄 알면서도 계속 생각하는 건, 맑은 물에 흙탕물을 붓는 것과 같습니다. 깨끗한 물을 부어서 흙탕물을 맑게 해야 하는데, 그 반대로 하면 내 마음이 흐려집니다.

앤, 너는 무슨 일이든
그렇게 온 마음을 다 쏟는구나.

나를 태양으로
만들어주는 것

　처음 SNS에 글을 쓰기 시작했을 때, 주변 사람들은 그런 곳에 글을 올려서 뭐 남는 게 있냐고 물었다. 나는 따로 목적이 있어서 올리는 게 아니라 그냥 내가 좋아서 올린다고 대답했다. 그랬더니 그런 일을 할 시간에 외부 활동을 하나 더 하는 게 좋을 것 같다는 의견이 돌아왔다. 시간이 아깝다는 의미였을 것이다. 몇 달 후, SNS에서 나를 찾아주는 사람이 많아지자 주변 사람들은 나에게 감성을 팔아서 인기를 얻는다고 비꼬았다. 자기는 오글거리는 것만 보면 닭살이 돋는다며 그런 걸 왜 하는지 모르겠다고 했다. 그때도 나는 인기를 얻으려고 글을 올리는 게 아니라 내가 좋아서 올리는 거라고 대답했다. 하지만 글 하나를 올리면 좋아요 1만 개를 받고 있던 상태라, 그들은 내 말을 믿어주지 않았다.

온라인상에서만 활동을 하다가 출간 제의가 들어와서 처음으로 책을 내게 되었다. 책을 내기로 한 목적은 내가 '작가'라는 타이틀을 받기 위함도 아니고, 돈을 벌기 위한 목적도 아니었다. 내가 밤낮을 가리지 않고 쓴 글을 한데 묶어둔 물건을 갖고 싶어서였다. SNS에 올린 글은 휘발성이 강해서 금방 뒤로 밀리는 점이 아쉬웠는데, 책으로 만들면 그런 아쉬움이 해소될 것 같았다. 그래서 글을 엮어 책을 냈는데, 내가 생각했던 것보다 책이 잘되었다. '베스트셀러'라는 스티커도 붙었고, 대형 서점의 차트에도 상위권에 있었다. 그렇게 첫 번째 책이 잘되었고, 1년 뒤에 낸 두 번째 책도 잘되었고, 그다음에 낸 세 번째 책도 잘되었다.

책이 잘되는 모습을 보고 주변 사람들은 "너 책 내길 진짜 잘했다"라고 내 선택을 칭찬해줬다. 하지만 그 말은 반은 맞고, 반은 틀렸다. 책을 낸 건 잘한 선택이다. 그렇지만 내가 가장 잘한 것은 SNS에 글을 올린 것이었다. 돈도 안 되는 일, 시간 아까운 일, 아무도 안 알아주는 일. 그렇게 평가되었던 '글을 쓰는 것'이 가장 잘한 일이었다. 그게 내 시작점이었으니까. 사람들이 아무 쓸모 없는 일이라고 조언할 때 '아무 쓸모 없는 일이구나'라고 받아들이고 한 걸음 더 내딛지 않았다면, 책을 쓰는 내 모습은 삶에서 지워졌을 것이다. 정말로 아무 쓸모 없는 일이 되어버렸을 것이다.

'불씨'의 사전적인 의미는 '언제나 불을 옮겨 붙일 수 있게 묻어두는 불덩이'이다. 사람은 누구나 이 불씨 하나쯤은 일상 속에 품고 산다. 글을 쓰는 것, 악기를 다루는 것, 그림을 그리는 것, 사진을 찍는 것, 게임을 하는 것, 패션에 관심을 갖는 것 등이다. 이러한 불씨에 바람을 넣어 불을 댕길 수도 있고, 찬물을 부어 완전히 꺼뜨려버릴 수도 있다. 하지만 여기서 가장 중요한 건 주변 사람들의 말에 휘둘리지 않아야 한다는 것이다. 중심에는 내가 있어야 한다. 타인은 내가 품고 있는 불씨의 잠재력을 모른다. '잘될 거다', '잘 안될 거다'라고 논하는 것도 전부 자기 기준에서부터 시작된다. 그러니 '반은 맞고 반은 틀리다'라고 받아들이며 참고만 해야지 타인의 말 한마디에 방향키를 획 돌려버리면 안 된다.

지금 하고 있는 게 좋아서 일단 해보기로 결정했다면, 끈기를 가지고 1년은 해보자. 1년을 해보고 더할 수 있을 것 같으면 2년을 해보고, 2년을 해봤는데도 더할 수 있을 것 같으면 3년을 해보자. 이렇게 연차를 늘려가며 나의 활동을 꾸려나가는 것이다. 그렇게 나아가는 길이 외로운 길이라 주변에서 들려오는 말들에 귀가 자주 쫑긋해질 것이다. 하지만 '내 인생 내가 산다'는 정신으로 나를 믿고 가다 보면 불씨가 타올라서 나를 태양으로 만들어줄 것이다. 내 안의 불씨를 댕기는 건 나를 믿어주는 힘이니까.

사랑 속에서 피어나는 특별함

　나를 특별한 사람으로 만들어주는 건 다른 사람의 칭찬도 아니고, 높은 사회적 지위도 아니고, 숫자가 많이 찍혀 있는 통장 잔액도 아닙니다. 스스로를 사랑하는 마음이 나를 더욱 특별하게 만들어줍니다. 나를 사랑할수록 내가 좋아하는 것이 무엇인지, 나와 어울리는 것이 무엇인지, 내가 잘하는 것이 무엇인지 공부하고 싶어집니다.

그런 과정 속에서 나만이 갖고 있는 특별함도 찾게 되는 것이죠. 그 특별함을 더 갈고닦아서 내 곁에 두려고 할 것이고요. 그러니 다른 사람과 다른 내가 되고 싶다면 나를 먼저 사랑해주세요.

사랑 속에서 특별함이 피어나는 것입니다.

내가 빠지기 쉬운 죄는 상상을 너무 많이 하느라 해야 할 일을 잊는 거야.
이 버릇을 고치려고 열심히 노력하고 있어.

뭔가
다른 사람

내가 공부한 것보다 시험 성적이 잘 나오기를, 오늘 먹은 고칼로리 음식이 살로 가지 않기를, 내 성격을 다 받아줄 수 있는 사람을 만나기를. 혹시라도 신이 내 주위를 스쳐 지나가다가 내 소원을 들어주실 것 같아서 틈틈이 기도를 했다. 그런데 그런 행동은 삶 속에서 기적이 일어나기를 바라는 것과 다르지 않았다. 시험을 망쳤던 날 '왜 내가 공부한 것만큼 성적이 안 나오지?'라고 성적표에 화풀이를 했지만, 어른이 되어 회상해보니 내가 딱 공부했던 것만큼 나온 것 같았다는 생각이 든다. 고칼로리 음식이 살로 가지 않으려면 섭취한 칼로리만큼 몸을 움직여 지방을 태워야 한다. 하지만 나는 바닥에 누워 핸드폰으로 다이어트 영상을 보며 눈으로 운동했다. 상대방이 내 성격을 다 받아주는 것? 나를 낳아주시고 길러주신 부모님도 하지 못하는 일이다. 나는 이토록 어려운 일을 바라면서 세상이 내 마음대로 되지 않는다며 생떼를 부리곤 했다.

나는 신에게 빌기만 하고 소원의 크기만큼 움직이지는 않았다. 마치 부모님께 숙제를 대신해달라고 부탁하는 초등학생과 같았다. 하지만 현실 속 부모님도 호락호락하지 않았다. 숙제 좀 도와달라고 말하면 "네 일은 네가 하는 거야"라는 세상의 이치가 담긴 대답이 돌아올 뿐이었다. 열심히 해도 잘 안되는 것 같을 때 곁에서 살짝 힌트를 주시기는 해도 처음부터 도와주시진 않았다. 스스로 해내는 힘을 길러주기 위함이었다. 소원도 마찬가지다. 신에게 무릎을 꿇고 빌었다고 거기에 자신감을 얻어서 나태해지면 안 된다. 신의 마음이 동요할 만큼 움직여야 한다. 목소리로만 비는 것이 아니라 행동으로 옮겨서 보여줘야 한다. 로또에 당첨되기를 바라면 일단 로또부터 사야 하는데, 로또를 사지도 않고 로또가 되기를 바라고만 있으면 평생 로또에 당첨되는 일은 없을 것이다.

주위에서 종종 '뭔가 다른 사람'을 만날 때가 있다. 무엇이

다른지 명확히는 모르겠으나 확실히 다른 게 있는 사람. 마치 그 사람에게 기적이 일어난 것처럼 잘된 사람. 그 사람들을 관찰해보니 공통으로 등장하는 단어는 '실천'이었다. 이래서 못 하겠다, 저래서 못 하겠다 핑계 대지 않고 지금부터 시작하는 사람이었다. 처음부터 완벽하지 않아도 일단 해나가면서 완성을 다지는, 행동으로 보여주는 사람이었다. 타고난 재능, 뒷받침을 해주는 집안, 짱짱한 인맥을 가진 사람도 있었다. 하지만 그건 멀리 뛰기 위해 도움을 주는 구름판의 역할이었다. 결국 뛰어넘은 건 그 사람이었으니까. 그 사람이 달리지 않았으면 구름판이 놓여 있어도 쓸모가 없었을 테니까.

그러니까 내 삶에 기적이 일어나기를 바란다면 지금이라도 움직이자. 책 한 권을 다 읽어내는 것도, 그동안 미뤄왔던 계획을 시작하는 것도, 열심히 달려온 나를 위해 휴식을 선택하는 것도 전부 기적을 일으킬 수 있는 작은 조각들이다. 지금은 이런 작은 조각들이 하찮아 보여도, 그 조각들이 모여 훗날 기적을 일으켜줄 것이다.

뭔가를 기대하는 것은 그 자체로 즐겁잖아요.
어쩌면 바라던 결과를 얻지 못할 수도 있지만,
그래도 기대할 때의 즐거움은 아무도 못 막을걸요.
저는 실망하는 것보다 아무 기대도 하지 않는 게 더 나쁜 것 같아요.

노력하면
안 되는 게 없다는 말

나는 '노력'이라는 단어를 매우 싫어했다. '노력'이라는 단어가 들어가는 문장은 대부분 '노력하면 안 되는 게 없어'라는 메시지를 전하기 때문이다. 나는 그 말이 틀렸다고 생각했다. 노력해도 안 되는 일은 분명히 존재하니까. 그래서 노력하는 게 싫었다. 노력이 필요한 일들은 끈기와 인내가 필요했고, 묵직한 시간들이 필요했다. 그렇게 내가 공들여 노력했는데도 안 되니까 왠지 무언가를 낭비했다는 생각이 들었고, 그 뒤부터 어떤 일을 할 때 노력은 한 스푼 정도만 넣자고 다짐했다.

'노력'이라는 단어가 좋아지기 시작한 건, 두 번째 에세이를 쓰기 시작하면서부터였다. 나의 첫 번째 에세이는 사랑과 이

별 이야기를 묶어놓은 책이었다. 1년 동안 SNS에 올렸던 글 중에서 인기 있던 글만 모아서 담았다. 사실 첫 번째 책을 낼 때는 이 책이 처음이자 마지막이라고 생각했는데, 책이 나오고 나니 두 번째 책도 내보고 싶다는 생각이 들었다. 사랑 이야기가 아닌 삶 이야기도 한 번은 풀어내고 싶었기 때문이다. 그래서 여러 출판사에 연락을 했고, 그중에서 연락이 온 곳과 작업하여 두 번째 책을 내기로 했다.

첫 번째 책은 출판사에서 연락이 온 것이었고, 두 번째 책은 내가 먼저 연락을 해서 낸 책이었다. 출간을 하게 되었다는 결론은 같았지만, 시작이 달랐기에 마음가짐도 달랐다. 너무너무 잘해내고 싶었기에 내가 그토록 싫어했던 '노력'이라는 것을 갈아 넣었다. 막바지 작업 때는 몸이 견뎌내지 못해서 온갖 약을 달고 살았다. '내가 재수를 할 때 이렇게만 했으면 서울대를 갔을 텐데'라는 우스갯소리가 절로 나올 정도였다.

책의 표지 작업까지 마무리되고 출간 날짜를 들었는데, 신기하게도 책이 나오는 날이 기다려지지가 않았다. '나는 진짜 할 만큼 했고 내 손을 떠났으니 됐어'라는 후련함만 남아 있었다.

책이 잘될까, 안될까 궁금한 건 두 번째였다. 영혼까지 탈탈 털어 노력했던 경험을 한 것 자체가 나에게는 '잘되었다'라는 결론을 안겨주었기 때문이다.

노력하면 안 되는 게 없다는 말은 그대로 직역해서 받아들이면 '틀린 말'이다. 세상에는 노력해서 되는 것보다 노력해도 안 되는 것이 더 많다. 하지만 그 문장을 의역해서 받아들이면 '맞는 말'이 된다. 깔짝깔짝 노력한 게 아니라 정말 진심을 다해서 노력한 사람은, 되고 안 되고가 중요한 게 아님을 알기 때문이다. 내가 바라는 모습대로 만들기 위해 쏟았던 나의 시간, 돈, 에너지들이 아깝다고 느껴졌던 건 내가 '나름'으로 해서였다. 열심히 하긴 했지만 '나름 이 정도면 되었지'라고 돌아섰던 순간이 더 많았다. 불 위에 냄비를 올려두긴 했는데, 그게 끓을락 말락 할 때쯤 불을 꺼버린 것이었다. 면을 넣을 정도까지 물을 팔팔 끓여봤어야 했는데, 팔팔 끓여본 적이 없어서 노력의 맛을 몰랐던 것이다.

노력의 맛을 알고 난 뒤부터는 나에게 주어진 일들을 온전히 사랑할 수 있게 되었다. 이 일을 잘해내면 내가 어떤 것을 이룰 수 있는지에 대해 연연하지 않게 되니까, 마음을 밀고 당기지 않아도 되어서 마음이 훨씬 편해졌다. 누군가를 사랑할 때 그 사람이 보고 싶어서 한걸음에 달려가고 내 시간을 기꺼이 내고 금전적인 부분도 아끼지 않는 것처럼, 나에게 주어진 일도 계산하지 않게 되었다. 그렇기 때문에 내가 노력했던 일들은 겉으로 보기에는 잘된 것과 잘 안된 것이 나뉘었지만, 내 안에서 보기에는 다 잘된 일들뿐이었다. 그래서 '노력하면 안 되는 게 없다'라는 말은 틀렸지만 맞는 말이었다.

빨강 머리 앤,
행복은 내 안에 있어

1판 1쇄 발행 2020년 8월 20일
1판 2쇄 발행 2020년 9월 25일

지은이 조유미
펴낸이 장영재
펴낸곳 더모던
전화 02-3141-4421
팩스 02-3141-4428
등록 2012년 3월 16일(제313-2012-81호)
주소 서울시 마포구 성미산로32길 12, 2층 (우 03983)
전자우편 sanhonjinju@naver.com
카페 cafe.naver.com/mirbookcompany

ISBN 979-11-6445-324-5 03810